LINDA LÊ

lettre morte

**du même auteur
chez Christian Bourgois éditeur**

cronos
au fond de l'inconnu pour trouver du nouveau
in memoriam
le complexe de caliban
conte de l'amour bifrons
kriss *suivi de* l'homme de porlock
personne
autres jeux avec le feu
les aubes
lettre morte
voix
les trois parques
les dits d'un idiot
calomnies

**du même auteur
dans la collection « Titres »**

les dits d'un idiot
les évangiles du crime
les trois parques
tu écriras sur le bonheur

aux éditions Jean-Michel Place

marina tsvétaïeva. comment ça va la vie ?

LINDA LÊ

lettre morte

Christian Bourgois éditeur ◊

© Christian Bourgois éditeur, 1999
ISBN : 978 2 267 02187 5

*à Christian Bourgois,
avec mon affection admirative*

Les morts ne nous lâchent pas, dis-je à mon ami Sirius en rangeant les lettres de mon père dans un tiroir. C'est le supplice de Mézence que j'endure, attachée à un mort, main contre main, bouche contre bouche, dans un *triste embrassement*. Les lettres ont cessé d'arriver du pays de mon enfance. Celui qui les écrivait est mort d'une mort solitaire et enterré au bord d'un cours d'eau. Mais il est là, sa peau touche ma peau, mon haleine donne vie à ses lèvres. Il est là, dis-je à Sirius, quand je te parle, quand je mange, quand je dors, quand je me promène. Il me semble que je suis morte, tandis que mon père, ce mort qui ne me laisse pas en paix, déborde de vie. Il me possède, me suce le sang, me ronge les os, se nourrit de mes pensées. Toujours, je relis ses lettres et toujours je me vois dans la maison de mon enfance, j'y habite désormais, je ne suis plus ici, mais à des milliers de kilomètres, et je suis un vieillard qui attend la visite de sa fille devant un thé triste, je suis un homme las que rien n'égaye, je suis un homme seul qui pense à l'absente, je suis un moribond qui écrit des lettres comme s'il saignait à l'encre bleue. Si je regarde la mer, ce sont ses yeux qui voient le scintillement de l'eau, ses oreilles qui écoutent le roulement des vagues. Si je marche dans la rue, ce sont ses sensations que je perçois. Si je mange un fruit, c'est lui qui croque dans la pomme. Si je parle, ses mots demandent à être formulés, ce sont ses phrases que ma bouche récite. Le silencieux habite la ventriloque et la nuit je rêve ses rêves. De ce corps-à-corps avec un fantôme, je sors épuisée. Je porte le cadavre de mon père sur mon dos, mes épaules ploient sous la charge. Je suis comme ces fils qui portent leur mère malade au sommet d'une montagne, les laissent mourir là et s'en reviennent seuls, mais, partout où ils vont, ils sentent le poids de la mère morte sur leur dos, le souffle de la mère morte dans leur cou, les mains de la mère morte sur leurs épaules. Crois-tu, dis-je à Sirius, que les morts se vengent ? J'ai laissé mon père mourir seul. C'était un homme taciturne, et maintenant il parle à travers moi. Il dit sa tristesse, sa rancœur. Je lis ses lettres, les relis, les range, les ressors. Peut-être devrais-je les brûler et voir avec la flamme se consumer le fantôme. Mais les morts ne meurent pas. Ils vivent de cette vie tantôt silencieuse, légère comme le pas d'une colombe, tantôt menaçante comme l'arrivée d'un orage. L'orage gronde sur ma tête. Le mort me saisit. Le mort me visite. J'erre dans un labyrinthe sombre où résonnent les paroles du mort. Je le cherche. Je le trouve. Je le perds. Il joue avec moi. Sa voix dit, Chaud, chaud, froid, très froid, brûlant. J'avance dans le labyrinthe, une bougie à la main. Mais à mi-chemin, on a soufflé sur la bougie. La lumière s'est éteinte. Je suis dans le noir. Je tâtonne. Le fantôme rôde autour de moi. J'entends son murmure. Je le vois comme sur les photos, assis sur le banc d'un jardin public, un chapeau sur la tête, ou debout face à la mer. Ses yeux me scrutent, ses mains attendent ma main. Puis je ne vois plus qu'un squelette dansant autour de moi, je ne vois plus qu'un spectre enveloppé dans son suaire, assis sur sa tombe au bord du cours d'eau. Sais-tu, dis-je à Sirius, que les morts laissent leur image sur notre rétine et qu'à travers ce voile nous ne voyons plus le monde de la même manière ? Sais-tu, dis-je à Sirius, que depuis la mort de mon père je vois la vie comme d'un sous-sol ? Je suis enfermée dans un lieu sombre et humide, la vive clarté du jour fait mal à mes yeux, le tumulte du monde fait mal à mes oreilles. Je gratte le sol à la recherche de traces qu'aurait laissées le mort. Le bleu du ciel me fait penser que son œil triste ne se repaît plus de couleurs. Le pas des passants me fait penser que son ouïe, qui guettait le bruit de mes pas s'approchant de la maison de mon enfance, ne capte plus aucun son. Quelle couleur un homme voit-il quand il quitte la vie ? Le blanc des draps d'hôpital, le rouge de son sang en révolte, qui coule sans qu'aucun proche ne vienne l'étancher, le noir de la nuit qui descend sur ses yeux ou le vert des arbres qui continuent à fleurir pendant qu'il s'étiole et arrose de larmes amères ses joues pâles ? Quel son perçoit un homme à l'agonie ? Le murmure de la mort qui doucement frappe à la porte, le cri d'un enfant qui vient au monde ou les sanglots de son cœur qui s'en va solitaire ? Sa main était-elle moite ? Ses joues creuses ? Avait-il parlé, lutté, pleuré, appelé ? Ou s'en était-il allé sans un mot ? Avait-il demandé l'heure qu'il était, avait-il senti avec le jour qui pointait l'approche du néant ? Si j'avais accompagné mon père, dis-je à Sirius, j'aurais eu quelques images pour nourrir ma mémoire. Je me serais rappelé l'expression de son regard quand il avait vu venir l'heure dernière, j'aurais recueilli son ultime adieu, je me serais souvenue de son visage muet, ou d'une pression de la main, mais je l'ai laissé mourir seul. Et maintenant, il entre en moi comme dans une maison inhabitée, son silence pèse sur moi comme une pierre tombale, les mots qu'il n'a pas dits soufflent comme un vent glacial et dévastent mon âme. *L'heure dernière, l'instant dernier* sont des expressions effrayantes, dis-je à Sirius. Nous les utilisons pour masquer la terreur, le frisson d'épouvante qui nous saisit, nous les survivants, à la pensée que le temps continue à s'écouler quand, pour l'homme qui gît là, le temps n'a plus aucun sens. Il est déjà entré dans l'éternité, il a un pied dans le néant, toute sa vie ne lui paraît que poussière, fumée, vapeur d'eau. Au moment de partir, mon père a dit qu'il aimait la pluie. Ce sont les seules paroles qu'on m'ait rapportées. Il pleuvait des cordes le jour où mon père mourut. Je me souviens qu'il aimait les pluies chaudes. Enfant, je le voyais, les jours de pluie, debout à la fenêtre, écoutant le tambourinement sur les toits, je le voyais sortir nu-tête, impatient de se rafraîchir, je le voyais dresser l'oreille aux coups de tonnerre et guetter dans le ciel les éclairs qui zébraient la toile grise. Mon père, dis-je à Sirius, aimait les choses simples. Les perles de pluie sur une feuille de bananier, le flux et le reflux de la marée, le frémissement du vent dans les arbres, le silence du soir, le contour d'une fleur, l'odeur du tabac. Je tente de rassembler les images de ce mort qui m'a fait faux bond pour mieux revenir m'assiéger. Pierre après pierre, je reconstruirai la maison de mon enfance. Pan après pan, je recoudrai le manteau de mémoire. Quand un homme meurt, nous nous répétons qu'il aimait telle ou telle chose, qu'il tenait tel ou tel propos, et les choses qu'il aimait sont enterrées avec lui, les choses qu'il aimait prennent une teinte particulière, la couleur des choses qui entrent au musée : elles se figent. Nous recueillons la pluie dans une petite boîte, l'eau de la mer dans une autre petite boîte, le silence du soir dans une troisième petite boîte, et d'une dernière petite boîte s'échappe l'odeur du tabac. Toutes ces petites boîtes forment un autel et nous nous contentons de répéter qu'il aimait ceci ou cela, sans être sûrs toutefois qu'un jour il n'ait pas changé d'avis, qu'il ne se soit mis tout d'un coup à détester la pluie, le silence, le tabac. Les mots qu'il disait et qui resurgissent dans notre mémoire déformés, nous les récitons comme des prières, des invocations au mort. Nous disons, Il parlait comme ça, et nous finissons en nous exclamant, Il était comme ça. Nous voudrions entendre la voix du mort, mais nous ne faisons, avec les mots, que l'épingler comme un papillon desséché que nous avons pris au filet de ses propres mots et que nous conservons dans notre musée pour pouvoir contempler ses ailes immobiles. Désormais, il est mort, il nous appartient. Nous nous sommes approprié ses mots, les choses qu'il aimait, et il est en notre pouvoir de le faire revivre de temps à autre en rappelant un mot qu'il a dit, en soulevant le couvercle d'une petite boîte pour écouter la pluie qu'il aimait, le silence qu'il aimait, la mer qu'il aimait. Mon père, dis-je à Sirius, était avare de mots, même dans ses lettres. Jusqu'à sa mort, je n'étais pas attentive à ses mots. Je lisais ses lettres, mais les mots glissaient sur moi sans laisser de traces. Et maintenant, quand je sors les lettres du tiroir pour les relire, le moindre mot me déchire, le moindre fragment de phrase me donne une douleur fulgurante au ventre. Ces mots qui me parlent d'outre-tombe agissent comme des poisons. Ils me brûlent les entrailles. Je les avale, je les dévore. Leur acidité me monte à la gorge. Mais j'aime cela. Toute mon enfance est contenue dans ces lettres écrites pendant les vingt années de séparation. Les mots de ces lettres ont l'odeur poivrée des fleurs que mon père cultivait, l'odeur âcre du tabac qu'il fumait tôt le matin, l'odeur sucrée des confiseries achetées au coin de la rue. Je revois la maison de mon enfance, sa cour ombragée, ses pièces vides. Je revois mon père me guidant à travers le dédale des rues quand nous partions en promenade. Je lis et relis ces mots qui désormais appartiennent à un mort. N'est-ce pas toi, dis-je à Sirius, qui prétendais que nous avons beau chercher notre enfance, nous ne trouvons qu'un vide béant ? Ce trou devant lequel je me tiens, c'est la tombe de mon père, d'où sort la voix de mon enfance. La tombe de mon père est faite de papier. Il gît au milieu des centaines de lettres qui se froissent sous son poids. Au fil des ans, mon père n'avait plus d'existence charnelle, je ne saurais décrire ses yeux, sa bouche, ses cheveux, sa démarche. Même quand je regarde les photos, je ne vois qu'un fantôme habillé de mots. Ces mots qu'il m'a donnés dans une langue que j'ai déjà presque oubliée, ces mots maintenant empoisonnent ma vie. Ils disent ma trahison, ma désertion. Vingt ans, vingt ans, dis-je à Sirius, que je fuis devant le fantôme de mon père. Tant que le père vit, ses mots parviennent assourdis. Tant que le père vit, ses mots ne tuent pas. Maintenant que les lettres ont cessé d'arriver, maintenant que je tiens entre mes mains ces feuillets qui constituent les archives de mon père, il me semble que j'entends s'élever de ces pages une voix qui me juge, me condamne. Il est mort seul, il a vécu seul. Sa solitude m'accuse. J'aurais pu me rendre au pays de mon enfance, m'approcher de la maison où mon père m'attendait. Mais je suis restée de ce côté-ci de l'océan. Je l'ai laissé mourir seul sans l'avoir jamais revu. Le jour où mon père mourut, le téléphone sonna ici très tôt le matin, et une voix me lut un télégramme. La formule, en vietnamien, disait non la mort, mais la perte. Mon père s'était perdu en route, s'était égaré, n'avait pas trouvé le chemin du retour. Je réprimai un cri, des larmes. Mon père revivait. Il était mort pendant les vingt années de séparation. Sa mort le ressuscita en moi. Je restai assise sur mon lit, sans bouger. Le mort était entré chez moi, avait pris possession de moi dès l'instant où le télégramme m'avait annoncé sa disparition. Il était là, dans ma chambre, au pied de mon lit. Il allait, venait, ouvrait mes livres, fouillait dans mes tiroirs, palpait mes vêtements. Son rire résonnait comme un Trop tard! un Jamais plus! Le fantôme sarcastique tournait autour de moi. Je restais immobile, pétrifiée de peur. Le mort murmurait des mots sans suite, l'insurgé criait sa révolte. Je l'avais abandonné. Sur son lit d'hôpital, il aurait voulu hurler, appeler, demander quand viendrait le jour où nos mains se rejoindraient. Mais il n'avait rien dit, seulement qu'il aimait cette pluie triste qui se déversait au-dehors, comme si le ciel pleurait sur le sort des hommes qui se perdaient en route. Et il était là, dans ma chambre, fantôme en loques mendiant un reste de tendresse. La dernière lettre qu'il m'avait écrite disait le désir de me retrouver au pays où je m'étais exilée, puisque je tardais à m'approcher de la maison où il m'attendait. Je n'avais pas répondu à sa dernière lettre. Je m'accordais du temps, quand il n'en avait plus. Nous croyons toujours que le mot Trop tard! ne viendra jamais nous frapper en pleine face. Les rendez-vous manqués sont notre lot, le remords la coupe dans laquelle nous trempons nos lèvres. Mon père avait les lèvres blêmes sur son lit d'hôpital. Je n'étais pas là pour lui insuffler de la vie. Je n'étais pas là pour remonter le drap, poser ma main sur ses cheveux, essuyer la transpiration sur son front, je n'étais pas là, dis-je à Sirius, pour lui parler de la vie au-dehors, le chant des oiseaux, le tumulte du trafic, le cri des vendeurs ambulants. Les morts ne nous lâchent pas, Sirius. Sais-tu, ce sont les morts qui accompagnent les vivants et non les vivants qui accompagnent les morts. Depuis sa mort, mon père marche à mes côtés. Il est présent dans cette pièce, il entend ce que je te dis, qui lui est aussi destiné. Mais à quoi bon ce monologue impromptu, cette lettre que je lui écris pour remplacer toutes celles que je n'ai pas écrites de son vivant ? Ce n'est pas lui qui me manque, mais sa voix, ses mots. Je m'aperçois que plus jamais je ne trouverai des lettres écrites du pays de mon enfance, plus jamais ne me parviendra cette voix qui me soutenait ces vingt dernières années. C'est une moitié de moi-même qui s'est tue. Je survis à ce silence en relisant les lettres. Elles m'apportent une consolation quand, du vivant de mon père, elles ne m'apportaient parfois que de l'agacement, l'ennui de devoir répondre. Les lettres de mon père étaient concises, sèches. Il donnait peu de nouvelles de lui-même, en prenait beaucoup des miennes. Je taisais les choses de ma vie, ne racontais pas mes amours, le dernier amour qui m'avait jetée à terre, m'avait fait oublier son existence, négliger ses lettres. Je ne lui avais pas parlé de ces longues heures passées à attendre un homme qu'à part moi je surnommais Morgue, parce que en lui mouraient toutes mes illusions, parce que avec lui j'avais rencontré la destruction. J'avais perdu ma force en étreignant dans les yeux de Morgue le vide, cet amour de soi qui ne se donnait que pour mieux se reprendre et qui tuait à coups d'esquive. Ce fut une passion ordinaire pour un homme marié. Dans les yeux de Morgue gît ma jeunesse, dans les yeux de Morgue gît ma beauté, dans les yeux de Morgue gît ma raison. J'avais presque perdu la raison en le perdant. J'avais cessé d'écrire à mon père. J'écrivais à Morgue des lettres où l'orgueilleuse Solitude disait sa détresse, j'écrivais comme une mendiante d'amour qui étrennait des mots de douleur qu'elle croyait neufs. Mais tout a déjà été dit, l'amour, la mort, la mort de l'amour et l'amour de la mort qui me hantait, l'envie de me verser par la fenêtre, de sauter d'un train, de m'ouvrir les veines, d'imprimer sur mon corps les stigmates d'un amour défait. Mon père n'en a jamais rien su. Maintenant, en songeant à cette période où je m'étais tue, le laissant dans l'inquiétude, je voudrais lui réciter les mots du poète aveugle, *Que ta faiblesse donc écoute ma faiblesse, si proches l'une de l'autre et presque apparentées, Que ta faiblesse pardonne à la mienne, et l'on te jugera moins durement si tu n'exiges injustement de moi plus de force qu'il n'en fut trouvé en toi-même.* Crois-tu, dis-je à Sirius, que les morts pardonnent ? Le jour où mon père mourut, je venais de prendre la veille la décision de m'éloigner de Morgue. La douleur était entrée dans ma vie. La mort d'un amour, la mort d'un père. J'avais perdu la partie. Perdre. Que savais-je de ce mot que je trouvais si beau ? Que savais-je des blessures qu'on s'inflige à soi-même pour que l'odeur du sang nous réveille, parce qu'une petite mort permet de se retrouver ? Les cicatrices que je porte aux poignets, comme des ornements macabres, comme une peinture au couteau, je les ai faites quelque temps après la mort de mon père. Je voulais voir les gouttes de mon sang tomber sur une de ses lettres que j'avais sorties de leur tiroir et déposées près de moi sur le lit. J'avais avalé des somnifères. Je savais que ce n'était qu'une tentative vouée à l'échec, mais je brûlais de le rejoindre, ne fût-ce que pour quelques jours. J'avais sombré dans l'inconscience, les poignets blessés, ensanglantés. Il me semblait qu'il m'appelait, que ma main rejoignait la sienne, que dans ma petite mort il était venu près de mon lit, qu'il m'avait regardée comme on regarde une enfant qui a commis une bêtise. Il faisait froid dans la chambre quand je me réveillai. C'était le froid de la mort, le froid qu'avait répandu le mort en entrant. Des amis étaient arrivés, toi-même, Sirius, tu étais là. Je ne reconnaissais personne. Je serrais contre moi les lettres de mon père, et ses photos, que dans mon long sommeil j'avais enlevées de leur cadre. Je disais, Il était ici, C'est lui qui tenait le couteau, Je méritais la punition, Je méritais même la mort que je n'étais pas capable de me donner. J'étais maigre et pâle. Tu me parlais, Sirius. Une amie pansait mes blessures aux poignets. Mais je ne vous reconnaissais pas. Vous étiez vivants, tandis que j'étais morte, exilée au royaume de la Perte. Je cherchais mon père des yeux. Je serrais dans mon poing la seule chose qu'il m'eût léguée, sa montre. Elle s'était arrêtée à l'heure de sa mort. Il y avait du sang sur mon lit, sur le plancher, sur les lettres et une petite tache rouge sur la montre. J'étais tremblante, prostrée, assise au bord du lit, comme une enfant à qui l'on a donné de pauvres jouets, des lettres mortes et une montre cassée. Alors, Sirius, tu t'étais penché vers moi, tu m'avais dit, Tant que le père vit, nous ne sommes qu'une greffe, une bouture, mais à la mort du père, nous devons grandir, nous élancer vers le ciel comme un arbre magnifique aux nombreux ramages. Jette, m'avais-tu dit, jette cette montre cassée dans un coin de tiroir. Brûle, m'avais-tu dit, brûle ces lettres qui te dévorent d'un feu invisible. J'aurais dû mourir à ce moment-là. Mais je serais morte entourée de vous tous, tandis que mon père avait cherché en vain une main qui tiendrait la sienne. Je sais qu'il a pleuré à l'heure du départ. Des larmes silencieuses ont coulé le long de ses joues. Personne ne les a essuyées. Il faisait chaud. Personne n'était là pour l'éventer. Personne pour lui mentir, prétendre que la douleur qui irradiait dans tout son corps cesserait au petit jour, qu'il se réveillerait frais et dispos, que dans deux jours il n'y paraîtrait plus. Personne pour lui dire tout simplement, Je suis là, n'aie pas peur. Il s'est avancé seul vers les portes de la nuit. Et maintenant, les portes se sont refermées. Il est de l'autre côté, je me tiens de ce côté-ci, je tambourine contre la porte, je demande qu'on me restitue le passé, que le temps se mette à couler en sens inverse. Je voudrais m'asseoir au bord de son lit d'hôpital, prendre son corps diaphane dans mes bras, sentir sur mon cou sa respiration difficile, son haleine de moribond, et serrer contre moi ce fantôme qui pendant vingt ans m'avait écrit patiemment des lettres qui, mises bout à bout, formaient comme un fil me menant vers la maison de mon enfance. Mais j'ai erré dans le dédale de la vie, négligé de suivre le fil qui, à présent, s'est rompu. À présent, dis-je, alors qu'il n'y a plus de présent. Le temps s'est arrêté à la mort de mon père. Je porte sa montre cassée au poignet et je revis toujours l'heure de son départ. J'ai tant couru ces dernières années, dis-je à Sirius. J'ai couru après le train de l'amour, le train de la littérature, le train de la gloire. Nous courons dans tous les sens et nous manquons le seul train qui donne sens à notre vie. J'ai manqué le train des fins ultimes, le train où devait se produire la première et la dernière rencontre. Mon père, l'ai-je jamais rencontré ? Je l'ai cherché, évité pendant ces vingt années de séparation et je l'ai manqué à l'heure du départ. Il était devenu un fantôme avant même de mourir. Ce fantôme hantait ma vie, mes jours, mes rêves, il se mêlait à l'air que je respirais, il lisait par-dessus mon épaule, il me regardait dormir, il veillait sur moi, sa présence m'apaisait et ses lettres ressemblaient à des parchemins qui me délivraient le droit à l'existence. Regarde, Sirius, son écriture. Elle était belle, majestueuse. Il écrivait à l'encre bleue, sur du papier d'écolier. Il commençait toujours ses lettres par Ma chère enfant. C'était la formule magique qui me restituait l'enfance, toute la saveur acide du temps où j'étais haute comme trois pommes et qu'il me caressait les cheveux, me mettait au lit, me soignait quand j'avais la fièvre, me prenait par la main et me décrivait la ville sous la pluie qui s'ouvrait devant moi comme un livre d'images animé de figures animalières : ici une rainette endimanchée qui sautillait par-dessus les flaques, là un lézard qui rasait les murs, là une canette qui lissait ses plumes, ailleurs une tortue qui avançait prudemment sans sortir la tête de dessous son chapeau conique et, au milieu d'eux, une baleine étrangère qui se battait avec son tom-pouce. L'enfant que j'étais alors avait peu de jouets, pas d'amis. Mon père me tenait lieu de compagnon de jeu. Il fabriquait des cerfs-volants, des lanternes, il dessinait des animaux, il me racontait la vie des oiseaux qu'on ne voyait pas en ville. Mon père, dis-je à Sirius, était né dans une famille de paysans, au milieu d'un jardin peuplé de singes et d'oiseaux. En arrivant en ville, il avait gardé la nostalgie de la nature. Dans ses lettres, il me disait que, de temps à autre, il prenait le bateau et allait à la mer, ou le train pour se rendre au nord, au pays de sa jeunesse. Le voyage en train dure deux jours. Il allait sur la tombe de ses ancêtres. Sa tombe à lui a été creusée au bord d'un cours d'eau. M'y rendrai-je un jour ? Crois-tu, Sirius, qu'il m'attend et que, si je viens m'agenouiller devant cette tombe, le mort me lâchera ? Non, les morts ne nous lâchent pas. Car que serons-nous sans eux ? C'est nous qui sommes poussière, en eux se trouve contenue toute l'énergie du monde. Nous défaisons ce que les morts ont fait, mais la trame a été tissée par eux. Nous répétons ce que les morts ont dit, mais les mots ont été inventés par eux. Quand mon père se rendait sur la tombe de ses ancêtres, il allait aussi à la recherche de sa jeunesse perdue, ce temps heureux qu'il avait passé au nord du pays, entre les singes et les oiseaux. Enfant, je l'écoutais me raconter les promenades au bord de la rivière qui longeait son village. Il s'y baignait longuement. Une fois, il avait failli mourir. Ses pieds avaient été pris dans d'immenses algues qui l'entraînaient vers le fond. Ce fut sa grande sœur qui le sauva. Elle plongea et le tira hors de l'eau. Il avait dix ans. Il aimait aussi les parties de pêche. Il partait tôt le matin avec une épuisette pour attraper de petits poissons. De temps à autre, il trouvait une anguille qu'il grillait sur place et il passait la journée au soleil, nageant et pêchant. En arrivant dans cette grande ville où nous devions vivre, il perdit toutes ces heures heureuses. Il se sentait étouffer. Il cultivait des fleurs, avait planté deux arbres dans la petite cour devant la maison. Les arbres étaient maigres, desséchés et donnaient peu de fruits. C'est à l'ombre de ces arbres que le soir, après le dîner, il dessinait et peignait. Mon père, dis-je à Sirius, voulait être peintre, il était employé dans une banque. Il avait vu toutes les guerres, assisté à toutes les révolutions. Il avait quitté le Nord après la partition du pays, avait franchi clandestinement le dix-septième parallèle, était arrivé dans le Sud où il avait erré de cité en cité avant d'échouer dans la grande ville où nous devions vivre. Il y rencontra ma mère, dont la famille le considérait comme un déraciné, un déchu, un homme venu de ce Nord pour lequel le Sud nourrissait une tenace méfiance. La famille s'opposa au mariage, qui se fit quand même. Je revois la photo du mariage. Mon père y est seul, entouré de la famille de ma mère, qui arbore un air de hautaine réserve. Peu de temps après, je vins au monde. Quelle expression incongrue, Sirius ! Pourquoi étais-je venue en ce monde que mon père a quitté ? Pourquoi étais-je venue me jeter dans ce brasier de tristesse ? La mort viendra me cueillir aussi, comme elle a fauché mon père sans lui laisser le temps d'une ultime joie. Je vins au monde mais je n'avais pas d'existence, je n'étais que l'enfant de mon père, sa chère enfant, un prolongement de lui-même, qu'il langeait, prenait dans ses bras et auquel il donnait la becquée. Ma mère, peu après ma naissance, avait sombré dans une mortelle langueur. Elle restait couchée des journées entières dans sa chambre aux volets fermés. Ce fut mon père qui s'occupa de moi. Je me souviens de ses mains chaudes sur mon corps, du frisson que j'éprouvais quand sa barbe picotait ma peau. Je me souviens que j'avais souvent la fièvre, je n'étais qu'un fantôme malingre que mon père rendait à la vie. À mon tour, j'aurais dû rendre mon père à la vie quand, sur son lit d'hôpital, il attendait que quelqu'un vînt le changer, lui donner à manger, lui caresser la main, comme s'il était un enfant qui a la fièvre, qui voit les meubles de la chambre se déformer, qui a peur de l'obscurité et qui a besoin qu'on lui raconte des histoires pour l'endormir. Je lui aurais raconté l'histoire de cette princesse qui avait, sans le vouloir, trahi son père. Il la décapita. La tête de la princesse, en roulant dans l'eau, se transforma en une perle blanche et pure, preuve de sa loyauté. Mais je ne suis pas cette princesse-là. Je l'ai trahi. Je l'ai laissé mourir seul. Je ne l'ai pas aidé à peindre cette pietà, le tableau d'une femme qui tient son fils dans ses bras. Car le père, en mourant, est devenu le fils. Et aucune consolatrice n'est venue rassasier son besoin de miséricorde. Le fils s'en est allé seul. Je suis une mère qui n'a enfanté que la tristesse, et qui mérite d'être lapidée sur la place publique. Jette-moi la première pierre, Sirius. Tire la première flèche. Vise le cœur. Vise les yeux, ces yeux qui n'ont pas su voir. Hurle la vérité à mes oreilles, qui n'ont pas su entendre. La veille du jour où mon père mourut, je m'étais endormie avec un sentiment d'oppression, un poids écrasait ma poitrine. Est-ce cela qu'on appelle un pressentiment ? Les morts viennent-ils nous avertir au moment de leur départ ? J'avais dormi, je m'étais réveillée au milieu de la nuit, mais je ne pensais pas à mon père, je pensais à Morgue, j'avais peur pour lui. Jusqu'au dernier instant, j'avais trahi mon père. Les derniers mois, alors que j'aurais pu m'approcher de la maison de mon enfance, alors que dans mes lettres j'avais assuré mon père d'un prochain retour, je remettais toujours à plus tard le moment des retrouvailles. Je ne voulais pas le rejoindre, il devait rester ce fantôme habillé de mots qui me murmurait des phrases aimantes, il ne devait pas s'incarner. Alors que mon père m'attendait, je m'étais mise à la recherche d'un oncle, le frère de ma mère, qui avait passé toute sa vie dans un hôpital psychiatrique. Je lui avais écrit, j'attendais sa réponse. Ce fou que je ne connaissais pas, que je me rappelle avoir souvent vu dans mon enfance, chantant, buvant, je voulais le revoir, comme si la folie allait apporter la réponse que j'attendais. La fascination qu'exerçait sur moi le fou était une préfiguration de ce que j'allais vivre après la mort de mon père, les bouffées de délire que j'allais connaître, les errances qui allaient me conduire à travers Paris, en proie à une angoisse qui me serrait à la gorge, me tirait par les cheveux, me poussait à me jeter dans la Seine. Ce fou que je ne connaissais pas, et que je me rappelle avoir vu dans mon enfance pourchassant son entourage un couteau à la main, je voulais me retrouver devant lui comme devant un tribunal qui me jugerait pour un crime que j'ignorais encore. On disait qu'il travaillait à la bibliothèque de l'asile, qu'il s'était acheté une mobylette et qu'il avait des moments de grande lucidité où il reconnaissait ceux qui lui rendaient visite. Je l'imaginais dans cette cité des fous, détenant un secret qu'il me livrerait, le secret de la vie, car alors j'étais persuadée que seuls les fous possèdent la clé que nous avons perdue, que seuls les fous parlent le langage de la raison. Pourquoi, à un moment de notre vie, avons-nous besoin, Sirius, de prendre des chemins de traverse, de partir à la recherche de ces êtres en marge dont nous croyons qu'ils détiennent une sagesse immémoriale parce que détraquée, pourquoi avons-nous besoin de jouer avec le feu, de frotter notre raison à un peu de folie, de nous retrouver face à un double de nous-mêmes, qui tient des discours incohérents ou dont le mutisme nous renvoie à notre désordre intérieur ? Je me souviens que mon oncle nous rendait souvent visite dans la maison de mon enfance, mais, au bout de quelques jours, il fallait l'hospitaliser dans des conditions catastrophiques, car il montait sur le capot de la voiture garée devant la maison et, du haut de sa chaire, bénissait les passants en faisant des sermons, ou alors il pissait dans des bouteilles qu'il mettait dans le réfrigérateur en interdisant à quiconque d'y toucher, parce que c'était de l'eau bénite. Le plus souvent, il menaçait mon père avec un couteau, il disait qu'il était possédé par le diable, il voulait extirper le démon en lui faisant une incision derrière l'oreille. Quand il n'était pas occupé à ses exorcismes, il restait assis dans la pièce principale, près de la fenêtre, il chantait à tue-tête, ou il singeait mon père, lui faisait des grimaces, tirait la langue, demandait à manger, jetait à terre ce qu'on lui donnait et ensuite rampait pour lécher la nourriture à même le sol. Les soirs de pleine lune, il allait dans la cour, hurlait comme un chien hurle à la mort et, à l'ombre des arbres, prophétisait la fin du monde, mangeait les feuilles qu'il détachait une à une des arbres, en faisant des incantations et en appelant le déchaînement des éléments, la pluie, le vent, le déluge qui devaient nettoyer la terre de ses immondices. Il disait qu'il était l'Empereur du Palais céleste, tandis que mon père régnait sur les cercles de l'enfer. La nuit, il se levait, pissait dans un bol qu'il apportait au bord du lit où dormait mon père et l'aspergeait de cette eau bénite. Quand il sortait de la maison, une bande de gamins le suivait, lui jetait des pierres, des ordures. Il revenait crotté, couvert de boue, et mon père le lavait, le changeait. Cela dura des années, jusqu'à ce que la famille de ma mère envoyât mon oncle ici, quelque part en France, dans cet asile où il vit toujours. C'est là que je lui écrivis. Il ne répondit pas à ma lettre. Mon père m'écrivait alors de nombreuses lettres. Il détruisit les miennes, comme s'il pressentait la fin et qu'il ne voulait pas laisser entre des mains étrangères la trace de ma trahison, toutes ces lettres où je promettais de revenir le voir, où je disais mon impatience de le serrer contre moi. Mais je différais mon retour. Je cherchais l'oncle fou, que j'imaginais au milieu des livres ou dans une course folle à mobylette à travers la ville. Et je recevais encore des visites de Morgue, ultimes visites d'un amant distrait qui venait cueillir dans mes yeux myopes la certitude qu'il était l'Unique, l'homme pour qui je négligeais mon travail, les lettres au père. Il vint. Je fus troublée, je répandis du thé sur la table, commençai une phrase que je laissai inachevée pour l'écouter parler d'un projet qui le remettrait en selle, de la tempête qui avait détruit les jeunes arbres de son jardin, d'une cocasse séance sous la fraise d'un dentiste manchot, de ses nuits passées à inventorier les poisons qui n'agissaient plus sur ses insomnies, de sa lassitude de vivre et des beuveries en compagnie de quelques fidèles dont le chahut chassait le vol des bourdons. Il parla, parla, puis s'en fut. Je me couchai, la mort dans l'âme. Tu m'avais mise en garde contre cet homme, te souviens-tu, Sirius ? Tu m'avais prise dans tes bras, tu avais déposé un baiser sur mon front et tu m'avais dit, Éloigne-toi de lui avant qu'il ne te détruise, Morgue n'aime que lui-même, Il te prend au piège pour que tu sois sa servante d'amour, mais il ne donnera rien, C'est un roitelet qui attend tout des autres, de sa famille, de ses fidèles, de ses amantes, Le monde entier est là pour le servir, Il te broiera avec ses attentions distraites, ses hésitations, ses mensonges, Cours, enfuis-toi avant qu'il ne soit trop tard. Mais il était trop tard, Sirius, je passais mes jours *sans rien prétendre que quelque heure à voir et le reste à l'attendre*. La vie n'est donc faite que d'attente. Mon père m'attendait, j'attendais Morgue, qui n'attendait rien, cultivait le plaisir de se faire attendre. Et l'oncle fou, qu'attendait-il au milieu des livres ? Enfant, je le voyais assis à la fenêtre de la maison, il attendait le déluge. Il brûlait des bâtons d'encens, les plantait au pied des arbres et dansait tout autour. Il disait à mon père que la terre allait se mettre à tourner à l'envers, que nous nous retrouverions cul par-dessus tête et qu'alors on reconnaîtrait en lui l'Esprit saint, le Génie des cieux venu exterminer les démons. Il me désignait en disant cela. J'étais le petit démon. Il brûlait du papier journal, trempait la cendre dans son urine et voulait m'en faire boire pour me sauver. D'autres fois, il me prenait sur ses genoux et disait que j'étais une fée, mais, pour montrer que j'étais un bon génie, je devais découper mon père en morceaux et le manger, car mon père était possédé par le démon. Quand il n'était pas à sa fenêtre à attendre le jugement dernier, il courait dans tous les sens, arrachait ses vêtements, s'aspergeait d'eau froide en hurlant. Ensuite, il volait de l'argent à mon père et allait se faire faire des vêtements. C'étaient des habits de théâtre, de longues tuniques amples de couleur voyante. Il disait qu'il était l'Empereur du Palais céleste et devait s'habiller en conséquence. Il chantait des airs d'opéra. Les gamins s'attroupaient devant notre maison et s'enfuyaient dès qu'il apparaissait sur le seuil. Puis il se lassait de ses habits de théâtre, les déchirait, les lacérait, se présentait en loques devant mon père en prétendant que les démons l'avaient assailli pendant la nuit, il s'était battu contre eux. De nouveau, il fallait l'hospitaliser dans un de ces asiles où on l'enchaînait. Au bout de quelques semaines, il revenait, volait l'argent de mon père qu'il brûlait, parce que c'était le salaire du diable. Une fois, il mit le feu au matelas sur lequel il dormait, ce qui faillit provoquer un incendie dans la maison. Mon père avait peint l'oncle fou dans son costume de théâtre, au milieu des flammes. L'oncle chercha à vendre la peinture. Il erra des journées entières, le tableau sous le bras, dans les bars de la ville, le proposant à tous les étrangers pour un dollar ou un verre de whisky. Il ne réussit pas à le vendre, revint avec le tableau et le détruisit sous les yeux de mon père, qui refit un dessin de lui, assis à la fenêtre, le visage déformé par une hideuse grimace. Quand je pense à l'oncle, je revois ce dessin et je l'imagine à l'asile, au milieu des livres, le visage torturé, faisant des grimaces à des démons invisibles. Mon père ne parle jamais de l'oncle fou dans ses lettres et tu te demandes, Sirius, pourquoi je m'étais mise à sa recherche. J'avais besoin du voisinage de la folie, je sentais ma raison basculer et il me semblait que la vision de mon oncle me délivrerait des ombres qui commençaient à m'assiéger. J'avais peur. J'étais dans une très grande solitude. Tu venais me voir, Sirius, mais je ne pouvais rien te dire des tourments qui m'envahissaient. Morgue continuait ses allées et venues, me parlant de sa femme à qui il tenait comme à la prunelle de ses yeux. Mon père m'écrivait pour me presser de rentrer. L'amour s'en allait, la mort s'avançait vers moi. Toi-même, Sirius, tu me parlais de la mort de ton père. Sur son lit d'hôpital, il t'avait demandé de lui procurer un pistolet. Tu ne lui obéis pas et la nuit même où tu fis un rêve d'une douceur ineffable, où tu le vis resplendissant de santé, ton père mourut. Le mien ne m'a demandé que de lui tenir la main, mais en n'y allant pas, en n'étant pas à ses côtés, c'est comme si je lui avais glissé un pistolet sous l'oreiller. J'ai tiré sur lui à bout portant. Les mots, mes mots mensongers, mes promesses non tenues ont tué plus sûrement qu'une balle. Crois-tu, Sirius, que les morts gardent rancune ? Je me demande quel vêtement portait mon père au moment de l'agonie. Je me souviens qu'il aimait une chemise bleue. Enfant, je le voyais souvent dans cette chemise. C'était pour moi comme un pan du ciel, comme s'il avait déchiré un morceau de la grande toile bleue et s'en était vêtu. Quand j'avais la fièvre, que je restais couchée et que je voyais les meubles de la chambre prendre des formes gigantesques et s'avancer pour m'écraser, la silhouette vêtue de bleu se penchait vers moi, alors le ciel s'ouvrait, je respirais. Oh, Sirius, que ne suis-je restée une enfant qui réclame des caresses et des bonbons ? Que ne suis-je restée une enfant qui traîne dans les pattes de son père ? L'oncle fou aussi me donnait des bonbons, des friandises élastiques que je mâchouillais en l'écoutant me faire promettre que je l'aiderais à saigner mon père. Il me montrait le couteau, disait qu'il fallait l'enfoncer derrière l'oreille ou dans le cou du possédé et voir avec le sang gicler le venin des démons. Morgue m'a saignée de cette manière. L'amour ressemble à un couteau. Morgue l'a appliqué contre mon corps, je sens encore la lame froide sur ma peau. Je sens la pointe dans mon cou. Chaque mot de Morgue pénètre dans mes veines et fait jaillir le sang d'un rire convulsif. Dans mes cauchemars, Morgue prend la forme d'un oiseau de proie qui fond sur moi. Il m'enlève entre ses serres. Je me débats. Il me dépose sur un lit, ses griffes s'enfoncent profondément dans ma chair. Sa femme à son tour vole vers moi, ses ailes fouettent mon visage, son bec picore mes yeux. Les deux oiseaux de proie veulent me déchiqueter. Je hurle, mais personne ne m'entend. Entends-tu, Sirius, le rire amer que la nuit m'apportait, les longs sanglots que j'étouffais dans l'oreiller ? Et mon père, qui l'a entendu les nuits où il m'appelait ? Enfant, je dormais souvent avec lui. Je serrais mon petit corps contre le sien et je respirais l'odeur de sa peau. Il mettait sa main dans la mienne et nous dormions ainsi, main dans la main. J'aimais sa respiration régulière. Parfois, je restais les yeux grands ouverts dans le noir, je l'écoutais dormir, j'épiais ses moindres gestes dans son sommeil, je cherchais à capter ses rêves. L'autre nuit, Sirius, quand nous avions dormi ensemble, tu me faisais penser à mon père, avec tes gestes doux, les mots que tu murmurais à mon oreille. J'avais été saisie de soudaines angoisses, je pleurais dans tes bras, tu m'avais déshabillée, mise au lit, et tu t'étais couché à côté de moi. Tes mains se promenaient sur mon corps. Je n'éprouvais pas le frisson de la volupté, mais une paix profonde. Le mort était près de moi, le mort me pardonnait. Cette nuit-là, j'avais rêvé que je retournais dans la maison de mon enfance. J'y pénétrai par la porte de devant. Mon père n'y était pas. Je ressortis et rentrai par la porte de derrière. Mais la maison était vide. Je m'assis à la fenêtre, à la place même où l'oncle aimait se tenir. Je revis les deux arbres maigres. Je revis le lit où je dormais avec mon père. Sur le lit gisait la poupée en chiffon avec laquelle j'avais joué, enfant. La poupée était devenue grande, elle me ressemblait. Elle se tordait de douleur, comme je le faisais jadis. Je me penchai sur elle, découvris le drap, lui caressai le ventre. Je faisais les mêmes gestes que mon père quand il me trouvait malade, suant et grimaçant au fond du lit. La poupée gémissait. Une ombre apparut à la fenêtre. C'était mon oncle. Il tenait son couteau à la main. Il s'approcha du lit, planta le couteau dans le ventre de la poupée en riant d'un rire sardonique. Puis il l'attrapa par les cheveux et la secoua jusqu'à ce qu'elle fût réduite en lambeaux. Il hurlait, Traîtresse, traîtresse, je vais te punir ! Je me réveillai avec une violente douleur au ventre. Je vis l'oncle fou dans la chambre, à côté du lit où nous étions couchés, toi et moi. Il murmurait des incantations en pissant à terre. Je me rendormis. Je le revis chevauchant sa mobylette dans une rue où avait lieu un carnaval. Les passants portaient des masques de mort et dansaient sur un rythme endiablé. Un groupe de badauds, dans lequel je reconnaissais les pensionnaires de l'asile où vivait mon oncle, était parqué derrière les barrières. Ils avaient le visage livide, bouffi, ils dodelinaient de la tête et riaient en découvrant toutes leurs dents. La mobylette fonça sur un des danseurs et le renversa. Le masque tomba. Le visage de mon père apparut. Je m'avançai vers lui. Il expira en disant, Ne me touche pas ! Je reculai. Les autres danseurs me bousculèrent et portèrent sur leurs épaules le corps de mon père qu'ils déposèrent sur un bûcher, ils y mirent le feu. La fumée me fit suffoquer. Je me cachai le visage entre les mains et me réveillai. Tu étais couché contre mon flanc, Sirius. Tu parlais dans ton sommeil. Tu es ma précieuse, disais-tu. Je pressai ta main. La chambre était habitée. L'oncle fou rôdait. Je sentais son odeur d'urine, j'entendais ses incantations. Mon père était là, mécontent de la consolation que tu m'apportais. Des objets avaient été déplacés, le verre d'eau renversé. Un cadre penchait vers la droite. La montre de mon père, que je me souvenais avoir posée sur la table près du lit, avait roulé à terre. Les morts ne pardonnent pas, Sirius. Je m'étais réveillée avec la certitude que mon oncle était mort au fond de son asile sans que personne le sût. Lui aussi était mort seul. Un matin, il ne s'était pas levé, il avait tourné son visage contre le mur et il s'en était allé sans un mot. Tous ces morts solitaires, et la vie continue comme si la machine ne s'était pas grippée. Tous ces morts que nous échouons à maintenir en vie ont le droit d'exiger des comptes. Un mot de moi et peut-être mon père aurait-il prolongé son existence. Mais les mots, je les réservais à Morgue, j'avais peur qu'il mourût parce que mon amour pour lui mourait. Je craignais pour la vie de Morgue parce que j'avais euthanasié mon amour. Morgue n'était pas de ceux que la fin d'un amour tuait. C'était moi qui mourais à petit feu. J'avais un goût de poison dans la bouche. Je crachais du sang. Mon corps était couvert d'éruptions. Mes mains tremblaient en permanence. La nourriture me répugnait. Je n'étais plus qu'un animal fiévreux, écorché, que le moindre bruit faisait sursauter, la moindre parole fondre en larmes. Morgue venait, parlait haut, me quittait très vite. Après chacun de ses départs, je sortais du tiroir une de ses photos ou une de ses lettres que je déchirais en morceaux, comme s'il suffisait de détruire les preuves matérielles d'un attachement pour en être quitte avec la douleur. De la même manière, mon père avait brûlé mes lettres quelques semaines avant sa mort. Il préparait son départ. Il savait que jamais je ne tiendrais les promesses faites dans ces lettres. Il était rentré un soir chez lui, après une promenade dans la ville, il s'était assis devant la table, avait relu une à une les lettres avant de frotter une allumette. Tous mes mensonges partaient en fumée. Que ressent un homme quand il a la certitude qu'il va s'en aller dans très peu de temps ? Son visage se déforme-t-il sous l'effet de la peur ? Ses mains tentent-elles de retenir la vie ? Fait-il le bilan de cette existence où tout n'a été que souffrance et attente ? Voit-il se lever chaque jour avec cette crainte qui lui laboure le ventre ? Mon père n'avait pas peur de mourir, mais de mourir sans m'avoir retrouvée. Dans ses lettres, il imaginait qu'un jour il me verrait apparaître dans l'encadrement de la porte, je serais en robe blanche, j'aurais juste un petit sac de voyage avec moi, je tiendrais un bouquet de fleurs, je lui dirais, Je suis venue, je m'assoirais au bord du lit, je lui dirais, Je reste. Je n'ai pas de robe blanche, je ne m'habille qu'en noir et les fleurs que j'aurais dû offrir à mon père, je les ai éparpillées sur son cercueil. Oh, Sirius, pourquoi ma tête me fait mal quand je te raconte cela, pourquoi mes mains s'ouvrent et ne rencontrent que le vide, pourquoi mon père ne répond pas, pourquoi ma voix ne trouve plus d'écho ? Qu'as-tu fait, toi, après la mort de ton père ? Tu as pris des tranquillisants et tu as oublié. Oublierai-je un jour ma trahison ? Hier, je suis entrée dans une église, j'ai allumé un cierge et je suis restée assise pendant une heure sur un banc. Je demandais pardon, mais le pardon n'existe pas,

Sirius. Il n'y a que le remords. Le remords me ronge. Je m'en nourris. J'ai toujours devant les yeux l'image de mon père sur son lit d'hôpital. Il a les lèvres sèches. J'aurais pu lui soulever la tête, lui faire boire un peu d'eau, ou tremper mes doigts dans l'eau et humecter ses lèvres. Son pantalon est sale, il n'a pas pu se retenir. Je l'aurais changé, j'aurais mouillé une serviette que j'aurais glissée entre ses jambes pour le nettoyer, j'aurais lavé de mes mains son pantalon souillé, comme il le faisait jadis quand, malade, je me tordais de douleur dans mon pyjama trempé d'excréments et qu'il me déshabillait, me lavait, me changeait. Hier, quand j'étais à l'église, je pensais à ces dimanches où il m'y emmenait. Les dimanches, je portais une robe rose, je mettais un nœud rose dans mes cheveux et je partais en promenade avec mon père. Nous allions d'abord à l'église, puis au marché. Il m'achetait des friandises, me parlait des dimanches de sa jeunesse où il s'échappait de son village pour la grande ville. Là, il allait au bord d'un lac où les amoureux se donnaient rendez-vous. Il y passait la journée, en compagnie d'un ami, à manger des glaces, à admirer le miroitement du soleil dans l'eau, et à évoquer les poètes qu'il lisait le soir à la lumière d'une lampe à pétrole. Le dimanche au marché, je me cachais derrière mon père, j'avais peur des culs-de-jatte et des lépreux dont on disait qu'ils volaient les enfants, leur crevaient l'œil ou les estropiaient et les obligeaient à mendier. Une fois, je m'étais perdue dans la foule, un homme borgne s'était approché de moi, m'avait saisi le bras en me disant qu'il me conduisait vers mon père. Je l'avais suivi sans un mot et il m'aurait sans doute enlevée si mon père n'avait surgi à ce moment-là pour me reprendre. Depuis lors, les allées du marché m'apparaissaient comme une jungle fantastique où les ogres attendaient les enfants pour les détourner de leur chemin, les mener vers une maison où d'autres enfants, enlevés eux aussi, alimentaient un feu sur lequel bouillait une marmite destinée à engloutir le dernier venu. Je voudrais tant, Sirius, retrouver ces sensations d'effroi qui m'accompagnaient dans l'enfance. Je voudrais remonter le temps, être de nouveau cette petite fille en robe rose qui se faufilait entre les travées où s'entassaient des marchandises hétéroclites, et qui voyait son père comme un géant aux bras longs, aux immenses jambes, au torse robuste, aux yeux de lynx, qui la protégeait des ogres et des loups. Je voudrais sentir le goût de fruit que laissaient les friandises dans ma bouche et suivre mon père en marchant sur son ombre. Je voudrais fermer les yeux, laisser la lumière du soleil baiser mes paupières et retrouver les odeurs du marché, l'odeur musquée de certains fruits, la fragrance des fleurs, le fumet des viandes grillées. Je voudrais être une petite fille qui se pend au cou de son père et lui embrasse les yeux. Je voudrais redevenir ce petit être souffrant pour qui la maladie est un jeu, le monde une énigme, et pour qui la mort n'existe pas. L'enfance est l'époque enchantée de notre vie, le cercle merveilleux dont nous ne devrions jamais sortir, le ventre de la baleine où nous devrions rester tapis. Mais nous grandissons, la mort vient et nous ouvrons les yeux sur un désert. Depuis la mort de mon père, j'avance dans un désert nocturne et venteux. J'ai froid et j'ai soif. Le mort apparaît, disparaît comme un mirage. L'oncle fou danse sur le sable. Le mort et lui jouent avec moi. Ils sont enchaînés l'un à l'autre. Ils se balancent d'un côté puis de l'autre. Ils m'appellent en faisant cliqueter leurs chaînes. Je cours vers eux. Ils s'éloignent. Je tombe. Personne ne me relève. Mon père n'est plus là pour me relever comme, quand enfant, je me couronnais en tombant et que je me redressais en disant, Ça ne fait pas mal du tout. Cela fait mal, Sirius, de savoir que mon père est tombé sans que je lui tende la main pour le relever. Que faisais-tu, toi, quand tu rendais visite à ton père à l'hôpital ? Lui as-tu apporté des journaux, des livres ? T'es-tu attardé à son chevet ? Lui as-tu dit qu'il était en grande forme alors qu'il se mourait ? As-tu pleuré en sortant ? Te souviens-tu des derniers mots qu'il a prononcés ? Le jour où j'appris la mort de mon père, je suis restée dans ma chambre, à tourner en rond. Je pensais à ce vers, *Et la mort n'aura plus d'empire*. Le mort avait franchi la frontière, il venait vers moi, Parle, me disait-il, Donne-moi quelque chose. Je me taisais. Même les larmes ne coulaient pas. Mon père était là, mais il marchait aux confins du monde, vers l'empire de la mort. Je plaçai une photo de mon père entre les draps de mon lit et je m'agenouillai au bord. J'agissais comme s'il était encore en vie et que j'allais le sauver en restant là, à genoux devant lui. Je passai ainsi toute la nuit. Au petit matin, je courus à travers la ville. Je courus comme une folle pourchassée par des fantômes. Je voulais aller chez toi, Sirius, mais je m'arrêtai à la porte, hors d'haleine, grelottant dans mon habit trop léger. Je m'effondrai devant la porte, sur le paillasson, et je murmurai, Ne meurs pas! Ne meurs pas! Ce n'était pas toi qui étais derrière cette porte, mais mon père qui n'avait plus que quelques minutes à vivre et que je retenais de toutes mes forces. Ne meurs pas! mon cri s'adressait au monde entier. J'étais prête à sacrifier ma vie pour que plus personne ne mourût. Je disais Ne meurs pas! comme, enfant, je disais Ne t'en va pas! à mon père, en le tirant par le pan de sa veste, quand il partait travailler. Il m'avait abandonnée, il n'avait pas cru à mes promesses qui auraient dû le maintenir en vie. Pourquoi mes mots avaient-ils perdu leur force? Pourquoi mon père n'avait-il plus foi en moi? Pourquoi avait-il lâché le fil qui nous reliait? Le fil s'était cassé. Mais en cette minute où je me tenais devant ta porte, recroquevillée sur le paillasson, je n'avais pas encore pris conscience de la mort de mon père. C'était juste un avertissement qu'il me donnait. Il suffisait que je concentre mes pensées sur lui, que je murmure sans cesse Ne meurs pas! pour que petit à petit il revînt à la vie. Je le voyais qui se relevait de son lit d'hôpital, il souriait. J'étais là, échevelée, sanglotante, devant ta porte, je joignais mes mains. Il entendait ma prière. Il quittait l'hôpital, le pas léger, il revenait chez lui, s'asseyait à la fenêtre, m'écrivait pour me dire qu'il m'attendait. Les fleurs de la cour s'ouvraient. Les arbres maigres étiraient leurs branches. Le soleil se levait et la mort n'avait plus d'empire. Mon oncle fou entrait en chantant. Il était en habit d'Empereur, il bénissait mon père. Tous deux s'asseyaient face à face et parlaient de moi.

Tout était comme avant, du temps de mon enfance. Tu n'as jamais su, Sirius, que j'étais ce matin-là devant ta porte, prise de folie, rageant, pleurant. Pardonne-moi la confusion. Mon père était partout, dans chaque homme que j'aimais et que je devais soustraire à l'empire de la mort. Mais j'avais échoué. Je quittai ton immeuble et errai à travers les rues. Il m'était insupportable que chaque être que je croisais soit destiné à la mort. Je dévisageais tous les passants. Comment cet homme que je voyais là, fringant, une serviette sous le bras, allait-il être fauché? Et ce vagabond qui demandait l'aumône sous un porche, s'en irait-il seul lui aussi? Et cette fillette qui portait des tresses et balançait son cartable, mourrait-elle demain pendant que la cour de récréation résonnerait de cris joyeux? Toi-même, Sirius, quand tu me serais arraché, que dirais-tu, appellerais-tu ta tendre amie à ton chevet? La terreur me venait. Il n'y avait plus que des squelettes se promenant dans les rues, la mort avait tout envahi. Le ciel était sombre, il commençait à neiger. Nous étions en janvier. Les cloches de l'église sonnaient. Je vis un enterrement, des femmes en noir autour d'un fourgon mortuaire, semblables à des papillons butinant une fleur funèbre. Je criais Non! Non!, mais j'avais déjà dit Oui à la mort de mon père en ne revenant pas vers lui. La douleur est trompeuse, Sirius. Nous croyons pleurer sur ce que nous avons perdu, nous ne pleurons que sur nous-mêmes. Les morts ne sont pas seuls, c'est nous qui sommes seuls, chassés du paradis dont nous nous rendons compte trop tard qu'il était le paradis. L'éden des mots que mon père m'offrait s'est refermé. Les chemins qu'il recouvrait de ses phrases se sont transformés en bourbier, je m'y enfonce, je m'y noie. La nuit dernière, j'ai rêvé que les lettres de mon père s'envolaient comme une nuée d'oiseaux blancs qui tournoyaient, poussaient des cris perçants, dessinaient dans le ciel des idéogrammes puis s'abattaient dans une eau noire. Je voulus les repêcher. Morgue apparut à mes côtés. Il se saisit des oiseaux que j'avais repêchés, leur brisa les ailes, les plumes arrachées s'éparpillèrent autour de moi. Une pluie de sang tomba sur la terre. Morgue riait aux éclats, me secouait l'épaule en disant, Ta douleur m'appartient. Je me réveillai en songeant à ces soirs où j'attendais Morgue pendant qu'il se livrait à des beuveries en compagnie de ses fidèles. Te souviens-tu, Sirius, de mon agacement quand le téléphone sonnait et que c'était toi qui m'appelais et non pas lui ? Te souviens-tu de mes larmes, place Saint-Sulpice, un jour où Morgue m'avait fait attendre des heures pour finalement me dire qu'il devait dîner en famille ? J'étais sortie de chez moi sans savoir où j'allais, je t'avais rencontré sur la place, j'avais éclaté en sanglots, tu m'avais caressé la joue. Tu cachais ta colère contre Morgue. Je ne t'avais pas dit alors que certains soirs, inquiète, fébrile, lasse de rester près du téléphone qui me faisait haïr toutes les voix qui n'étaient pas celle de Morgue, je me rendais à sa garçonnière et j'attendais devant la porte. Je restais là, murmurant des phrases incohérentes, comme je l'ai fait l'autre matin devant chez toi. Au petit jour, il apparaissait, ivre, fatigué, j'étais heureuse de dormir à côté de lui. Mais parfois, il ne venait pas à la garçonnière. Je rentrais chez moi. Une lettre de mon père m'attendait. Je la lisais distraitement. Alors, ce n'était rien que des mots écrits par un homme seul. La mort leur a donné un tremblé, une douceur, des accents que la vie n'avait jamais su trouver. Sur son lit d'hôpital, mon père essaya de m'écrire une dernière lettre. Elle ne m'est jamais parvenue. Il avait demandé du papier, avait esquissé quelques mots, puis avait laissé tomber le crayon. Que cherchait-il à me dire ? Cette lettre que je n'ai pas reçue, j'y réponds maintenant en te parlant. Mais l'entend-il ? Mes mots de remords lui parviennent-ils ? L'apaisent-ils ? Non, je le sens qui s'agite, exige de moi que je déballe mes secrets, fouille mes plaies, plonge le couteau dans mon cœur, vide mes entrailles. Je le vois assis sur sa tombe au bord du cours d'eau, la tête sur la poitrine. Je le vois là, à ta place. Je le vois qui rôde dans l'appartement. Il est nu, il attend que ma douleur l'habille. Il est blessé, il attend que mes mots le pansent. Il tourne comme un fauve en cage. Mon oncle fou vient aussi me hanter. Il se frappe la tête contre le mur. Il tient à la main des crécelles qu'il fait résonner. Il vole de la nourriture qu'il répand à terre. Il secoue mon lit. Je n'arrive plus à dormir, Sirius. Quand je me couche, mon père vient s'allonger à côté de moi. L'oncle fait une sarabande infernale dans la chambre. Si je m'assoupis un moment, je rêve d'eux qui viennent vers moi, l'un en habit d'Empereur du Palais céleste, l'autre dans son manteau de mots. La chambre est remplie de murmures, d'incantations. Je suis envoûtée par le mort. Il m'appelle sur l'autre rive. Et de nouveau, les idées de suicide m'assaillent. Je prends un rasoir. Je voudrais voir mon sang couler dans l'eau de la baignoire. Mais mon père m'en empêche. Je dois vivre. C'est ma punition. Vivre et me souvenir de lui. Depuis la mort de mon père, je ne lis dans les journaux que la page nécrologique, les annonces de décès et les anniversaires de mort. Toutes ces dates comme des pierres tombales sur papier. Toute cette douleur qui se cache derrière une citation, quelques vers que le mort aimait. Et ces mots, Souvenez-vous de lui, Ayez une pensée pour lui, comme une aumône que nous jetons aux disparus. Mais ont-ils disparu ? Non, ils ne nous lâchent pas. Ils ont des griffes qu'ils plantent dans notre chair. Ils ont des dents entre lesquelles ils nous déchirent. Ils ont des mots qu'ils nous font boire. Ils ont des couteaux avec lesquels ils nous pourchassent... As-tu faim, Sirius ? Je vais te préparer quelque chose. J'ai acheté les côtelettes d'agneau que tu aimes, et des haricots verts. Je vais les préparer. Mon père adorait faire la cuisine. Au marché, il choisissait soigneusement chaque ingrédient. Il préparait des plats du Nord, des plats qui lui rappelaient sa jeunesse. Je me souviens d'un poisson dont il décortiquait la chair, il la pilait ensuite dans un mortier avant de la faire frire. Veux-tu un verre de vin ? J'ai besoin d'une petite ivresse. Mon père buvait beaucoup. Je sais que depuis notre séparation, il passait ses nuits à boire seul. Il dormait mal. L'alcool lui faisait oublier sa solitude et mes promesses mensongères. Il avait pris l'habitude de boire depuis qu'il avait fui le Nord, au moment de la partition du pays. Il avait gagné le Sud dans une barque, puis à pied à travers les villages. Ce fut une longue errance. Il exerça divers petits métiers avant d'arriver dans la grande ville. Quand il rencontra ma mère, il avait presque trente ans. Comme la famille de ma mère s'opposait à leurs relations, ils se voyaient en cachette, se donnaient rendez-vous au marché, allaient au cinéma l'après-midi. Ils se marièrent. Mon père était heureux, mais ma mère sombra dans une profonde langueur. Elle n'en sortait que pour faire des reproches à mon père, elle commençait à donner raison à sa famille et regrettait son mariage. Elle restait couchée des journées entières, ne se levait même pas pour manger. Mon père recommença à s'enivrer. Elle détestait le voir boire. La maison retentissait de cris, de disputes. La plupart du temps, mon père se taisait. Une fois, ma mère lui lança une chaussure à la figure. Il tomba, son visage était en sang. Un clou du talon avait déchiré sa joue, juste sous l'œil droit. Je m'affairais autour de lui, pendant que ma mère se lamentait dans sa chambre. C'était moi qui pourvoyais mon père d'alcool. Je me revois, chevauchant ma bicyclette à travers les rues, un panier sur le porte-bagage. J'allais chercher les bouteilles que je lui rapportais, heureuse de lui faire plaisir, de lui procurer cette ivresse qui dissipait les amertumes de la vie conjugale. La vie conjugale, encore une expression incongrue. Pour mon père, c'était la mort conjugale. La mort que lui donnait chaque jour ma mère. Les petites entailles qu'elle faisait dans son corps. Les petites griffures qu'elle imprimait sur son visage. Maintenant encore, je me réveille le matin en croyant entendre les cris de ma mère et sentir les relents d'alcool qui entourent mon père, debout dans ma chambre, le visage en sang. Il me demande de le soigner. Je trempe une serviette dans l'eau. Je nettoie le sang, je pleure. Le clou de la chaussure a atteint l'os de la joue et y a laissé une marque. Il est là, près de mon lit, avec la cicatrice sur la joue. Je m'agenouille. Je demande pardon. Pour ma mère et pour moi. Il se détourne. Il est trop tard. Ma mère l'a blessé, je l'ai tué. Le fantôme lève la main, essuie une larme. Je le prends dans mes bras. Il se dégage. Il n'attend plus rien de moi. Mon père fumait aussi de l'opium, tôt le matin. Les bouffées lui donnaient des vertiges, il tombait dans la cuisine. Ma mère poussait des cris stridents en entendant le bruit de la chute. Je sautais du lit, allais porter secours à mon père. Il fallait le relever, le faire asseoir sur une chaise. Je me tenais à côté de lui, prête à le défendre contre ma mère. Je le vois quand je te parle, Sirius. Il chancelle, il titube, ses mains cherchent à se raccrocher aux murs, à la table. Toute sa vie n'est qu'échec et souffrance. Il cherche l'oubli dans l'alcool et l'opium. Le trouve-t-il, qu'une autre douleur s'installe. Le fantôme n'a plus de mots pour dire sa détresse. Il reste là, il me regarde, il a tout perdu. Je ne suis jamais allée le retrouver dans la maison de mon enfance. Qui a continué à lui apporter les bouteilles d'alcool ? Qui l'a soutenu quand il tombait le matin ? La veille du jour où mon père mourut, je m'étais enivrée. J'avais bu quelques verres de whisky pour parvenir à prendre la décision de m'arracher à Morgue. Je m'étais enivrée en pensant à mon père, à ces soirées où il buvait seul, tout en m'écrivant des lettres où il promettait de ne plus toucher à l'alcool. Je pensais aussi aux beuveries bruyantes de Morgue, dont la vie est rythmée par des dégustations de vin, des fêtes à tout casser pendant toute une nuit. Le whisky laissait un goût amer dans ma bouche. J'avais la nausée devant ces soirées passées à attendre de Morgue un mot d'amour. J'étais malade à en crever. Malade de Morgue, malade de solitude. J'avais déchiré la dernière lettre de Morgue, qui ne contenait que quelques phrases désinvoltes. L'amour était mort et la mort rôdait sans que je l'aperçusse. Regarde-moi, Sirius, je ressemble à une loque, à un oiseau blessé qui traîne ses ailes. Je porte un mort sur mes épaules. Tantôt il me raille, tantôt il me murmure des phrases aimantes. Il est partout, dans ces lettres que je relis, dans tes yeux qui me fixent, dans ce verre de vin que je bois, dans les paroles que je prononce. Son corps gît entre mes draps, son sang suinte au long des murs, ses gémissements résonnent à mon oreille. Il me rappelle que je vivais dans le confort pendant qu'il tirait le diable par la queue. Depuis notre séparation, mon père avait perdu son travail, il s'était mis à peindre des enseignes de boutiques, puis à vendre des vêtements sur le marché. La maison de mon enfance tombait en ruine, l'eau filtrait à travers le toit, les fenêtres se déglinguaient, les meubles avaient été vendus. Dans ses lettres, il me réclamait de l'argent. Je lui en envoyais. Il en redemandait. J'étais agacée. Je tardais à lui en envoyer. Enfant, j'avais si souvent assisté à des disputes entre mon père et ma mère où il était question d'argent. Mon père n'en gagnait pas assez.

Ma mère lui en faisait le reproche. Assise sur son lit, elle égrenait sa litanie, J'ai épousé un bon à rien. Mon père fuyait. L'argent répandait une odeur de pourriture dans la maison. Tout l'argent qu'il parvenait à se procurer, mon père le donnait à ma mère, qui le dépensait à des frivolités, et n'en gardait qu'une partie infime pour s'enivrer. Je me souviens des jours où je parcourais la ville, juchée sur ma bicyclette, pour vendre de vieux journaux. L'argent qu'ils rapportaient me permettait d'acheter à mon père des bouteilles d'alcool. Et j'ai oublié tout cela. Quand, dans ces lettres, il me réclamait de l'argent, je m'indignais de ces préoccupations matérielles. Je vivais dans les livres, n'en sortais que pour voir Morgue qui dépensait en une soirée de beuverie l'argent avec lequel mon père aurait pu vivre une année. Hier, je suis allée dans une échoppe obscure acheter ces faux billets de banque que dans mon pays on brûle sur la tombe des morts. Je les ai brûlés dans ma cheminée, j'ai allumé une bougie et j'ai prié pour l'âme de mon père. Tu me crois folle, Sirius. Je n'ai pas aidé mon père et maintenant je brûle de faux billets de banque pour que le mort puisse mener une vie de pacha dans l'au-delà. Le fantôme ricane. Quels actes insensés ne commettons-nous pas pour obtenir le pardon des morts. J'ai même sorti les lettres et je les ai baisées une à une comme si je pouvais transmettre un peu de chaleur au mort. Mon père est apparu, il est venu s'asseoir à côté de moi. La chambre était calme. Je pensais à ces longues soirées où il peignait sous les arbres, à ces nuits où je dressais la moustiquaire autour du lit où nous dormions, lui et moi. Ma mère allait, venait, se lamentant de ce qu'elle avait épousé un bon à rien, qui ne faisait que rêvasser et dessiner. J'aurais voulu qu'elle fût morte et que nous fussions, mon père et moi, seuls dans la maison, moi à me pendre à son cou, lui à me raconter des histoires de princesses prisonnières de dragons. Mais ce fut ma mère que je suivis en exil, et mon père fut laissé là, sans personne pour lui acheter des bouteilles d'alcool, pour le soutenir quand il tombait, pour dresser la moustiquaire quand la nuit venait. La veille du grand départ pour la France, pendant que ma mère et moi nous nous affairions autour des préparatifs, il s'était couché, le visage tourné contre le mur. J'étais allée vers lui, j'avais soulevé la moustiquaire, posé ma main sur son épaule, il ne réagit pas. Le lendemain, dans le taxi qui m'emporta, je le vis sur sa bicyclette, hagard. Il voulait suivre le taxi à travers les rues encombrées. Je le revis à un carrefour, il me faisait signe de la main. Puis sa silhouette disparut pour toujours. Oh quelle douleur, Sirius, n'avait-il pas dû éprouver! La dernière image que je conserve de lui est celle d'un homme en chemise bleue qui, sur sa bicyclette, tentait de rattraper un taxi et pédalait, pédalait désespérément, pour retenir, quoi? Toute sa vie s'en allait. Il était ensuite rentré chez lui, dans la maison vide, et s'était enivré. Les jours qui suivirent, il commença à écrire des lettres, bien que ne sachant pas où les envoyer. Je reçus plus tard ces lettres, il y disait sa tristesse, son désespoir. Dans la maison traînaient encore des vêtements qui m'avaient appartenu, des photos qu'il avait prises de moi. Il rassembla les vêtements dans un sac, colla les photos dans un album qu'il devait feuilleter souvent. Il cessa de peindre, brisa ses pinceaux, déchira les dessins qu'il avait faits. Il alla au marché, acheta les friandises que j'aimais et les laissa sur la table pour les contempler pendant qu'il s'enivrait. Les deux arbres maigres lui furent insupportables à la vue, il les abattit puis, pris d'une rage destructrice, il arracha aussi les fleurs qu'il avait cultivées. Il changea les meubles de place, ne dormit plus dans le lit où il avait pris l'habitude de s'allonger à côté de moi. Le matin, il enfourchait sa bicyclette, parcourait la ville en tous sens et ne rentrait que tard le soir pour vider une bouteille entière d'alcool. Sa vie s'écoula ainsi, dans un désert morne. Il avait pris le deuil. Il ne portait plus la chemise bleue, n'avait plus personne à qui raconter des histoires de princesses prisonnières de dragons. Il vécut d'expédients, rafistolant des pneus de vélos, vendant des médicaments et des T-shirts sur le marché. Il attendait mes lettres, qui arrivaient du foyer où j'avais échoué en France. Je me souviens que mes premières lettres étaient baignées de larmes. Puis les années passèrent et les lettres se firent plus banales, je n'étais plus l'adolescente que l'arrachement au père déchirait. Il adopta le même ton. Les lettres ne contenaient plus que des nouvelles brèves. Mais il y avait sous chacun de ses mots comme l'écho d'une peine, la trace d'une larme ravalée. Chacune des lettres formées disait une douleur. Le L ruisselait de pleurs, le O étouffait un cri, le C répandait une clarté de lune morbide, le S rappelait la forme du pays de mon enfance, le I tremblant était à l'image de mon père, un homme qui essayait de se tenir droit mais qui était près de s'écrouler. Je les ai toutes conservées, ces lettres qui maintenant me brûlent les doigts. Chaque mot me saute au visage, me serre la gorge. Le mort parle d'une voix tonitruante. L'entends-tu, Sirius ? Entends-tu cette voix qui s'élève de la tombe au bord du cours d'eau ? Entends-tu ces murmures, ces cris ? Entends-tu mon père gratter son cercueil ? Je rêve souvent que je me rends au bord du cours d'eau et que je déterre mon père. Je soulève la pierre tombale, je creuse la terre de mes mains, j'extrais du cercueil le cadavre que je prends dans mes bras. Il revient doucement à la vie. Il remue les lèvres, ouvre les yeux, me regarde et dit, Te voilà enfin. Mais Morgue apparaît, il tient à la main une épée étincelante, il m'écarte et décapite mon père, dont la tête roule dans l'eau. La tête, séparée du corps, continue à gémir. Ses yeux me fixent. L'eau rougit. Je m'agenouille au bord du cours d'eau. Je tente d'attraper la tête de mon père. Morgue me tire par le bras et m'enlève sur un cheval noir qui file au galop et s'enfonce dans une épaisse forêt. Là, Morgue m'attache à un arbre et me fouette avec sa cravache pour me punir d'avoir déchiré ses lettres. Tu es à moi, crie-t-il, tu es à moi. Tu dois te soumettre. Sa femme arrive sur un autre cheval noir. Elle éclate d'un rire aigu en voyant mon corps en sang. Morgue jette sa cravache à terre, tous deux repartent au galop en me laissant au milieu de la forêt. Je me réveille en sueur... Je te laisse finir le vin, Sirius. Il me tourne la tête. Il me fait penser que jamais mon père n'a goûté à ce genre de breuvage et que plus jamais le goût ne franchira ses lèvres. Il buvait du tord-boyaux, qu'on débitait par litre, dans des bouteilles qui resservaient à chaque fois. Quand mon oncle fou nous rendait visite, ils buvaient tous deux ensemble. Mon oncle racontait des histoires sans queue ni tête, où les démons étaient terrassés par les gardiens du Palais céleste, et chantait des chansons qu'il arrangeait selon sa fantaisie. Mon père lui donnait à manger, il revomissait toute la nourriture en prétendant que mon père y avait mis du poison. Il allait devant la porte de la maison, ameutait tout le voisinage, courait dans la rue et criait qu'on avait voulu l'assassiner. D'autres fois, il attachait une corde à l'un des arbres maigres, faisait semblant de se pendre, restait là, la corde autour du cou, la langue pendante, jusqu'à ce que mon père vînt le délivrer. Que fait-il maintenant au milieu des livres ? Se rappelle-t-il mon père ? Est-il mort ? J'attends toujours sa lettre. Peut-être m'aurait-il aidée à retrouver le fil de la mémoire. À me souvenir de ces longues soirées où, assis autour de la table, sous la lumière de la lampe, mon père et moi nous nous regardions sans nous parler. Il y avait dans ses yeux une grande sérénité. Je croisais mes bras et je savourais chacun de ces instants paisibles. Des papillons de nuit voletaient autour de la lampe. Un gecko claquait de la langue. De la maison d'en face parvenaient quelques notes de piano. Un cri vite étouffé interrompait toujours la sonate. Dans la maison d'en face vivait une folle, une pianiste devenue folle. Ses gardiens l'empêchaient de s'approcher du piano, mais la nuit elle réussissait parfois à tromper leur surveillance pour aller frapper quelques notes au clavier. Le reste du temps, on la voyait debout à sa fenêtre, le regard fixe, ou errant dans la rue, un chapeau à larges bords sur la tête, la moitié d'un éventail à la main, se parlant à elle-même et s'enfuyant dès qu'on l'approchait. On disait qu'un chagrin d'amour l'avait brisée et qu'elle voulait toujours rejouer la sonate qui avait accompagné la rupture. Ses parents l'enfermaient dans la chambre qui donnait sur la rue. De temps à autre, elle s'en échappait, prenait son chapeau et partait à la recherche de son amour perdu dont elle avait conservé un souvenir, la moitié d'un éventail qu'il lui avait donnée, gardant l'autre avec la promesse de la retrouver. Mais il l'avait abandonnée et, les nuits de pleine lune, elle se mettait à sa fenêtre et l'attendait en se cachant le visage derrière la moitié de l'éventail. Mon père me racontait des histoires de femmes trahies, dont les cheveux devenaient blancs et qui comptaient les veilles, filaient de la laine en chantant leur désespoir. Alors, je ne savais pas qu'un jour, moi aussi, je passerais des nuits blanches à espérer la venue d'un homme, à ressasser des paroles blessantes, à maudire un lien clandestin. Dans la pièce que Morgue mettait en scène, je ne tenais même pas le second rôle, j'étais le souffleur, chargé d'insuffler des mots de passion et d'attente à un acteur blasé qui jouait de la lassitude comme d'un charme propre à l'âge mûr. Morgue venait, me prenait, puis s'en allait. Je passais le reste de la nuit recroquevillée au fond de mon lit. Je haïssais mon corps. J'avais l'impression qu'il gonflait, qu'une souillure était entrée en moi et que la putréfaction s'était installée. Je me levais, me douchais, me redouchais, je me frottais le ventre, le sexe, mais la marque de Morgue demeurait imprimée sur chaque parcelle de ma peau. Tout mon corps était douloureux. Je me voyais comme une marionnette sans vie, avec laquelle Morgue aurait joué et qu'il aurait laissée gisante, transpercée de coups de poignard. L'envie me venait de me taillader les lèvres, pour que Morgue ne pût y coller sa bouche qui ne proférait que des mensonges, de me mutiler le sexe pour que Morgue ne pût entrer en moi, prendre possession de ce territoire qu'il avait conquis avec des airs désabusés. Mon corps n'avait plus d'odeur. Il sentait la solitude. Ma raison vacillait. Je commençais à entendre des voix qui me donnaient des ordres, à voir des vers grimper le long de mon corps, des esprits lunatiques danser dans ma chambre. Je voulais tuer Morgue, lui tirer une balle dans la tête et ensuite retourner l'arme contre moi. Alors, je t'appelais en pleine nuit, Sirius, je me taisais ou je disais des phrases sans suite entre lesquelles mugissait le ressac d'une peine nouée. Je pensais à la pianiste que j'avais entendue dans mon enfance jouer la sonate de son amour enfui. La douleur allait-elle me faire perdre la raison à moi aussi ? Je me roulais dans les draps, les mots de Morgue se fichaient dans mon corps comme des flèches empoisonnées. Il répétait que seule sa famille comptait, que jamais il ne bouleverserait le confort d'une vie établie pour m'y faire une place. J'étais la clandestine, l'intruse, la concubine. J'attendais le bon vouloir de Morgue. Quand je t'appelais ainsi en pleine nuit, Sirius, tu me disais qu'il me fallait à tout prix m'éloigner de Morgue. Tu essayais de me sauver. J'étais déjà perdue. Morgue m'avait garrottée. Je me débattais dans un filet invisible. Je ne pensais qu'à la mort, au saut dans le vide. Mon corps était lourd de tristesse, il n'aspirait qu'à se détruire. Mon père ne savait rien de mes tourments. Il m'écrivait pour me dire de revenir. J'aurais dû répondre à son appel et retourner à la maison de mon enfance. Là, j'y aurais trouvé la paix. Il m'aurait emmenée au marché, nous aurions déambulé à travers les allées, j'aurais acheté des fleurs, des tissus, des friandises et j'aurais oublié. Ou nous nous serions rendus au Nord, sur la tombe des ancêtres, j'aurais planté des bâtons d'encens au milieu des plantes qui verdissaient la tombe, il m'aurait parlé de ses parents morts sous une bombe, de sa sœur qui était restée au pays, de sa nièce devenue folle depuis qu'un éclat d'obus l'avait touchée à la tête. Mais je n'allai nulle part, j'étais prisonnière de ma chambre, prisonnière de Morgue. J'errais dans l'appartement, je serrais dans mon poing un galet que Morgue m'avait donné, je répétais des phrases incohérentes, je regardais dans la glace mon visage bouffi, mes yeux gonflés d'avoir trop pleuré. J'étais défigurée par la douleur. Je glissais dans la folie. Je voyais des bandes de rats courir sur le plancher, des oiseaux s'engouffrer dans la chambre par la fenêtre. Morgue sortit d'une lézarde dans le mur, vint vers moi, me mordit dans le cou. Ses compagnons de beuverie surgirent, portant des masques grimaçants, ils entourèrent mon lit, me dévêtirent et me livrèrent à Morgue, qui me prit sous leurs yeux. Les rats grimpaient le long du lit, rongeaient les draps, ils formaient une nichée autour de Morgue et moi. Les oiseaux voletaient dans la pièce, donnaient du bec contre les livres. Des voix criaient. Je me bouchai les oreilles, me réfugiai dans un coin de l'appartement. Un oiseau vint se poser sur mon épaule. Je fermai les yeux. Les visions disparurent. La chambre redevint calme. J'étais seule, nue, je grelottais dans la nuit. Je pris un manteau, m'en enveloppai. Les jours suivants, je ne sortis pas de chez moi, ne me lavai pas, restai au fond de mon lit, emmitouflée dans le manteau. Ce fut à ce moment-là que j'écrivis à l'oncle fou. J'avais besoin d'un miroir. Je pensais qu'une rencontre avec l'oncle me sauverait de la nuit qui envahissait ma tête. Je l'imaginais dans sa cellule, parlant aux murs, divaguant comme jadis sur la terre qui allait se mettre à tourner à l'envers. Je serais venue m'asseoir dans un coin de la pièce. Peut-être ne m'aurait-il pas reconnue. Il m'aurait regardée et m'aurait dit, Madame. Madame, je voudrais sortir d'ici. On m'enferme depuis vingt ans. Je suis guéri. J'ai toute ma tête. J'ai même de l'argent sur un compte d'épargne et une mobylette. De temps à autre, je la prends, je vais faire un tour en ville. Ce n'est pas une vie. Le matin, je donne à manger aux oiseaux. Je dépose du pain sur le rebord de la fenêtre et une paire d'oiseaux, toujours la même, vient picorer. Ensuite, je balaie la chambre, je fais mon lit et je vais à la bibliothèque. Je m'assois au milieu des livres, je me dis, Ce n'est pas une vie. Je voudrais enfourcher ma mobylette et partir loin d'ici. Quand je la chevauche, le vent me fouette la figure, cela me fait du bien, j'ai une sensation de liberté. Ici, je ne renifle que la poussière des livres. Je vois tous ces fous autour de moi. Il y en a qui hurlent toute la nuit. Il y en a qui chantent toute la journée. Moi, je suis calme. J'écoute la radio. J'attends qu'on annonce le déluge, l'invasion des extraterrestres. Alors, je prendrai ma mobylette et je m'enfuirai d'ici. De temps en temps, ma mère me rend visite. Elle me caresse la tête en disant, Mon pauvre fils! Pourquoi ne me sort-elle pas de l'asile, pourquoi ne me prend-elle pas chez elle? Je suis l'Empereur du Palais céleste, j'ai tous les pouvoirs, mais les démons me tiennent prisonniers. Ils m'empoisonnent, ils me donnent des drogues. Avant, ils m'attachaient au lit. Maintenant, je vais, je viens. Ils me laissent libre parce que j'ai rusé, je ne proclame plus que je suis l'Empereur du Palais céleste. Je suis un homoncule qui fait sous lui, se couche avec les poules et se traîne le reste de la journée. Mes vêtements sont déchirés, usés jusqu'à la corde. De quoi l'Empereur a-t-il l'air? Mais le déluge viendra et je serai de nouveau tout-puissant... Je l'imaginais me tenant ces discours dans une cellule aux murs nus. Ou peut-être se serait-il détourné de moi, m'aurait crié, Va-t'en, démon! comme il le faisait jadis quand je m'approchais de lui. Il entrait alors dans une crise de folie furieuse, cassait tout ce qui lui tombait sous la main, attrapait des geckos qu'il avalait tout crus, souillait le sol de ses excréments dont il maculait ensuite son visage. Mon père devait l'emmener dans la cour, lui jeter des seaux d'eau à la tête. Il poussait des cris sauvages, faisait des bonds, des grimaces. Puis il se calmait, rentrait dans la maison, s'asseyait à la fenêtre en chantonnant. C'est cet homme que j'ai voulu retrouver, Sirius. Ma raison s'était égarée dans un long labyrinthe. J'attendais de l'oncle fou qu'il me ramenât à la lumière. La lumière n'est jamais apparue. Je marche dans la nuit. À cette douleur s'est ajoutée une autre. Mon père a choisi ce moment-là pour partir. Et je l'ai laissé mourir seul. Il s'était levé un matin avec des douleurs au ventre, une sensation de vertige. Il vivait ses dernières heures. Il se rendit à l'hôpital, on le coucha dans un lit près d'une fenêtre. Il vomissait, crachait du sang. Les infirmières tournaient autour de lui, elles savaient que la fin venait. Il se redressa au milieu de la nuit, comme s'il avait vu apparaître une silhouette familière dans la chambre, puis, d'épuisement, il se laissa retomber sur l'oreiller. Il m'attendait. Des larmes coulaient sur ses joues. Sa main cherchait la mienne. Ses yeux m'imaginaient dans l'encadrement de la porte. J'aurais dû courir vers lui. Courir à perdre haleine et tomber à genoux au bord de son lit. Il aurait posé sa main sur ma tête en signe de pardon. Crois-tu, Sirius, qu'il m'aurait pardonné toutes ces années où je l'avais abandonné, le laissant dans une mortelle solitude ? Crois-tu, Sirius, que si j'avais été là, dans cette chambre d'hôpital, si j'avais pris mon père dans mes bras, si j'avais mêlé mes larmes aux siennes, je ne serais pas torturée par le remords, anéantie par mon sentiment de trahison ? Mais il est trop tard. La gangrène s'est installée. Le fantôme me dévore. J'appelle mon père, je le supplie de revenir à la vie, rien qu'un instant, pour que je puisse le toucher, lui parler, recueillir sur ses lèvres le dernier mot. Le dernier mot de son amour. Le dernier mot de sa tristesse. Le dernier mot que j'aurais conservé comme un trésor, qui serait resté fiché en moi comme une épine dans la chair. C'est ce mot perdu qui manque à mon vocabulaire, qui fait que toutes mes phrases trébuchent, que mon monologue restera lettre morte. Oh, Sirius, pourquoi ne suis-je pas allée là-bas ? J'aurais pénétré dans la chambre d'hôpital, j'aurais pris mon père par la main et je l'aurais ramené dans la maison de mon enfance que je me rappelle petite, avec des volets bleus aux fenêtres, trois pièces donnant sur une rue poussiéreuse. J'aurais couché mon père dans le lit, j'aurais dressé la moustiquaire comme je le faisais jadis et j'aurais veillé sur lui des nuits entières. Nous ne nous serions pas parlé. Je serais demeurée immobile sur la chaise près du lit, j'aurais prié, tenu la main de mon père dans la mienne, donné de la chaleur à son corps. Peu à peu, la maladie l'aurait quitté, le soleil se serait levé sur la ville. Mais je suis restée ici, dans le froid de ma chambre, à essayer de sauver mon amour pour Morgue, qui détruisait ma raison. Je faisais des rêves affreux : Morgue me lacérait à coups de couteau, plantait des clous dans mon crâne, m'enfermait dans un cercueil où avait été pratiquée une ouverture vitrée à la hauteur des yeux, je pouvais voir Morgue embrasser sa femme, danser avec elle autour de mon cercueil. Leurs pas résonnaient dans ma tête. Crève, me disait Morgue en tournoyant avec sa femme. Je suffoquais au fond du cercueil. La pianiste folle, avec sa moitié d'éventail, me hantait. Elle apparaissait, disparaissait au rythme de la sonate. Elle était devenue l'incarnation de la femme trahie, de l'abandonnée qui divaguait, errait dans les rues à la recherche de son amour enfui. Morgue ne s'était pas enfui, mais il ne me donnait que les restes de son amour. Je m'en nourrissais, je lui mangeais dans la main. J'étais humble, je ne réclamais rien. Toute ma souffrance demeurait enfouie. Morgue me jetait des miettes et je picorais, comme un petit oiseau affamé. Morgue menait le jeu et j'obéissais. Morgue tendait le cercle de feu et je sautais à travers, au risque de me brûler. J'étais un animal docile, une esclave de l'amour qui ne demandait que quelques paroles pour étancher sa soif. Je me laissais glisser dans la nuit. L'amour ressemblait à un bain d'acide. Les blessures que m'avait infligées Morgue y fleurissaient. Pour oublier, j'allais au cinéma. Je pensais à ces dimanches où mon père m'emmenait au cinéma Moderne. Les films qui y étaient projetés n'ont laissé aucune trace dans ma mémoire. À l'entrée mendiaient un lépreux et une femme défigurée. Le lépreux, assis sur une planche roulante, agitait ses moignons pour chasser les mouches de son nez rogné. La femme, debout, exhibait à la lumière le côté droit de son visage, une lourde poche rouge sang, comme une langue de bœuf boursouflée greffée sur la joue. Pour entrer dans la salle, il fallait franchir le cercle de feu, la porte de l'enfer tenue par le lépreux et la femme défigurée, qui se vengeaient de leur malheur en volant des enfants qu'ils allaient noyer à la sortie de la ville, dans le fleuve noir de boue. Aller au cinéma, c'était aller voir le visage putride du lépreux et celui, brûlé, de l'ancienne reine de beauté. Cronos et Médée défendaient l'accès à l'autre monde – les enfants qui s'y présentaient étaient aussitôt dévorés.

Mais mon père était là, qui servait de passeur vers le royaume de l'interdit. En sortant du cinéma, nous allions au zoo écouter le chant des oiseaux dans les volières, voir le tigre bâiller et les enfants souffler des projectiles contre le flanc du rhinocéros. Des photographes ambulants proposaient leurs services. Nous nous promenions à travers les allées, passions les petits ponts en bois, regardions les couples qui, assis sur le rocher des amoureux, échangeaient des baisers et des serments. Mon père se taisait, nous marchions main dans la main, je mangeais des glaces qui laissaient un goût crémeux dans la bouche. Le ciel était bleu comme la chemise de mon père et mon âme d'enfant palpitait de joie. Je faisais la grimace aux vieux singes, soupirais devant la girafe qui se mourait de langueur, versais des larmes devant le crocodile qui émergeait de son ergastule. Puis nous rentrions à pas lents, nous arrêtant pour acheter des livres de contes que mon père choisissait avec un soin extrême, préférant les histoires de princesses et de pêcheuses aux récits d'aventure. C'étaient des dimanches paisibles comme je ne devais plus jamais en connaître. Il me semble que j'entends encore le chant des oiseaux, les cris des enfants devant les cages et la voix douce de mon père qui le soir me lisait des contes. Tout cela, je l'ai perdu. Et parmi les mille visages de l'enfance, c'est celui-là que je continuerai à chercher longtemps : le visage serein des jours tranquilles, quand, sous le soleil, nous évoluions côte à côte, mon père et moi, sans nous parler. Je sentais la chaleur de sa main dans la mienne, je respirais l'odeur de sa cigarette qui répandait des volutes dans notre sillage. Le soir tombait sur les rues poussiéreuses, des éclats de lumière jetaient leurs paillettes d'or sur nos habits, les marchands ambulants hélaient les passants, nous rentrions, fatigués de la rumeur de la ville, et nous nous asseyions à l'ombre des arbres maigres, buvant un thé tiède et jouant aux dés. Je me souviens aussi des jours de fête, quand mon père repeignait les volets bleus pour saluer la nouvelle année. J'avais moi-même un petit pinceau, je barbouillais mes doigts de peinture. Dans la cour fleurissaient des fleurs jaunes, des enveloppes rouges étaient attachées aux branches. Le premier jour de la nouvelle année, je portais un habit neuf, une tunique flamboyante, j'allumais des pétards qui se consumaient dans une longue trépidation tumultueuse. Nous mangions des gâteaux de riz, de grosses tranches de pastèque et des graines de lotus. Nous buvions une liqueur douce. Nous allions voir des parents éloignés qui me donnaient des enveloppes dans lesquelles était glissé un billet tout neuf. Mon père me récitait des poèmes, me racontait des histoires de princesses fantômes qui, à la nuit tombée, prenaient l'apparence de jeunes femmes égarées pour séduire des hommes qu'elles ramenaient dans leur palais et qui le lendemain se réveillaient dans un cimetière. Parfois, l'oncle fou nous rendait visite. Il mettait son costume de théâtre, chantait des airs d'opéra, réclamait à boire, arrachait les fleurs jaunes de la cour, déchirait les enveloppes suspendues aux branches et disait que la fin du monde serait pour cette année-là, que les gardiens du Palais céleste préparaient une guerre contre les sentinelles de l'enfer et que mon père n'avait qu'à bien se tenir. Puis il éclatait en sanglots – sa tête lui faisait mal, il n'arrivait plus à pisser de l'eau bénite, tout ce qu'il avalait se transformait en vers dans son ventre. Un matin, il se mit devant la glace, hurla de terreur, empoigna ses cheveux en criant que des serpents avaient fait leur nid sur son crâne. Il se rasa entièrement la tête, s'enveloppa dans un tissu jaune safran, prit un bol et alla mendier de la nourriture dans le voisinage, comme un moine errant. Mon père fut obligé de le suivre, de le tirer par la manche pour le ramener à la maison, où il se roula à terre, répétant des obscénités sur le ton de la psalmodie. Il se saisit du couteau avec lequel on tranchait les pastèques, s'en servit comme d'un sabre, se posta à l'entrée de la maison et menaça de couper toutes les têtes qu'il verrait apparaître. Les visiteurs, qui arrivaient avec des présents enveloppés dans du papier écarlate, s'enfuirent devant l'oiseau de mauvais augure. L'oncle s'en prit alors à ma mère, qu'il traita de courtisane. Pour la purifier, il aspergea sa tunique de l'eau bénite qu'il avait pissée et recueillie dans un bol. Il l'accusa d'être une hétaïre à la solde de l'Enfer, de lui avoir volé la clef du Palais céleste, qui n'était rien d'autre que la clé de la petite armoire réservée à son usage et dans laquelle il enfermait des insectes morts, de vieux journaux, des couteaux rouillés, des épluchures qu'il appelait ses plantes médicinales, des haillons qui dégageaient une épouvantable puanteur, rebuts qu'il ramassait à la décharge de la ville. Il nous gâcha la fête cette année-là, mettant la maison sens dessus dessous, chassant les visiteurs, répandant à terre les offrandes qu'on avait posées sur l'autel des ancêtres. Toute mon enfance j'avais vu cette ombre grotesque, dansante, planer sur la maison. Il apparaissait à l'improviste, hurlait ses prophéties sur la fin du monde, priait pour que nous mourions tous foudroyés, mettait en scène des cérémonies secrètes au cours desquelles il s'habillait de haillons, s'asseyait en tailleur par terre, disposait les insectes morts autour de lui, mâchouillait les épluchures et proférait des incantations. Quand je m'approchais de lui, tantôt il me criait, Arrière, démon ! tantôt il tressait une couronne d'épluchures sur ma tête et me disait que j'étais l'infante du Palais céleste, qu'il fallait en tout lui obéir et qu'à nous deux nous renverserions les forces du mal. Il me décrivait mon père comme un diable noir assoiffé de sang, ma mère comme un singe peinturluré et turbulent qui troublait le repos de l'esprit. Les femelles rendent fou, répétait-il. Il me faisait la recommandation de ne jamais grandir, de m'écarter des adultes qui jouaient à des jeux sérieux et ne connaissaient rien aux rites de l'enfance. Il prenait alors la voix d'un garçonnet, me caressait les cheveux, me chuchotait à l'oreille des formules magiques, voulait m'habiller de guenilles et m'emmener me promener avec lui. Il fabriquait des poupées à partir des haillons, disait que c'étaient les effigies de ma mère, leur piquait des épingles dans le ventre, dans les yeux, en chantant des airs d'exorcisme. Mais la cérémonie à laquelle il se livrait le plus souvent consistait à faire éclater une pastèque et à se barbouiller le visage de la pulpe rouge. Il criait, Sus aux démons, faisait mine de boxer des adversaires invisibles, sautillait, grimaçait. Mon père le ceinturait, l'asseyait sur une chaise à laquelle il l'attachait. Ligoté à la chaise, l'oncle aboyait, miaulait, feulait, imitait le pépiement des oiseaux, prétendait savoir le langage des animaux et leur ordonnait de venir nous déchiqueter. Ma mère pleurait, demandait qu'on la débarrassât de ce prophète loqueteux qui la couvrait d'injures et souillait la maison d'immondices. Je regardais le trio que formaient mon père, ma mère et l'oncle comme on regarde un spectacle de marionnettes. La folie tirait les fils. L'oncle s'agitait, ma mère se cachait la tête dans les mains, mon père allait, venait, calmait le toqué ou le garrottait. Le Dieu-gendarme riait, donnait un coup de bâton à chacun. Il me semble parfois, Sirius, que, toute mon enfance, j'ai vécu enfermée dans la chambre d'un asile, avec ma mère qui ne sortait de ses langueurs que pour se lamenter, assise sur le lit, les cheveux et les vêtements en désordre, l'oncle qui se terrait dans un coin, de peur que les bêtes velues échappées de l'enfer ne le dévorassent, et mon père, placide, tel un infirmier qui gardait la tête froide entre une neurasthénique et un fou furieux. La maison résonnait de lamentations et de cris. Ma mère gémissait, l'oncle vociférait. Au sein de ce concert discordant s'élevait la voix de mon père, mélodieuse mais ferme. Il rayonnait, comme une figure de bonté entre le visage de ma mère, bouffi par les larmes, et les grimaces de mon oncle, qui se grattait sous l'aisselle et faisait le singe. Il arrivait parfois que mon oncle reprît sa lucidité. Alors, il évoquait l'asile où on l'enchaînait au lit, le soumettait à des douches froides. Il suppliait mon père de ne pas le renvoyer parmi ces fous dont on étouffait les cris. Il redevenait calme, s'asseyait à la fenêtre, offrant son visage mélancolique aux passants, et disait que sa vie avait été brisée par les séjours à l'asile, qu'il avait été rayé de la carte de l'humanité, rejeté hors du cercle magique. Il ne lui restait plus qu'à attendre la mort. Il parlait en fumant cigarette sur cigarette. Les volutes l'enveloppaient d'un halo bleu. Il se tenait assis, les jambes croisées, les bras le long du corps. Il avait presque l'air d'un vieux sage que la vie n'atteignait plus. Dans ces moments-là, j'avais envie de m'asseoir sur ses genoux, de poser ma tête sur son épaule, d'effleurer de mes doigts la peau fripée de son cou. Tout son corps était couvert de cicatrices, des entailles qu'il s'était faites pour éprouver sa capacité à résister à la douleur. Une balafre soulignait la ligne de son menton, une vieille blessure en forme de croix se lisait dans la paume de sa main gauche, ses bras étaient parsemés de dessins faits au rasoir. Il ressemblait à une idole en bois sur laquelle le temps aurait imprimé sa marque. Quand je l'imagine, dans son asile quelque part en France, je le vois toujours avec ses yeux sombres, sa bouche aux lèvres sensuelles, et ce visage figé dans l'éternelle jeunesse que la folie accorde à ceux dont elle s'est emparée. Il est là, parmi les livres, il ne parle à personne ; parfois, il reçoit la visite de sa mère, il s'efforce de se comporter en homme raisonnable. La folie l'a châtré. Il n'est plus qu'un automate. Il répète mécaniquement des phrases qui ne font pas peur aux autres. Il ne se souvient plus de mon père. Quand il lui arrive de parler de ma mère, il l'appelle la poupée pleurnicheuse. Son univers est fait des oiseaux qu'il nourrit sur le rebord de sa fenêtre, des livres qu'il prête aux fous et des promenades à mobylette à travers la ville. Crois-tu, Sirius, qu'il répondra un jour à ma lettre, qu'il me laissera l'approcher? Peu avant la mort de mon père, j'ai parlé de l'oncle à Morgue. Il eut un ricanement, Ainsi donc, il y a un taré dans ta famille, Et tu veux le retrouver, Il faut que tu sois détraquée, toi aussi. Je renonçai à lui en dire plus. Morgue ne me questionnait jamais sur ma famille, ma vie. J'étais celle qui attendait et, en dehors des moments où il me retrouvait chez moi, il lui importait peu de dénouer les fils qui tissaient mon existence. Il venait, monologuait sur sa lassitude de vivre, repartait après avoir joui des quelques minutes de volupté. Ma chambre avait des allures de maison de prostitution. Une écœurante odeur d'homme y flottait. Un douceâtre parfum de mort collait aux murs. Morgue n'entendait pas les plaintes qui gonflaient ma poitrine. Il parlait de sa femme, qui était pour lui comme une sœur, et à laquelle il avait fini par ressembler, au fil des ans. Je restais l'étrangère, la sorcière qui l'attirait dans son antre, la païenne qui le retenait par des prières impies, la *petite folle* marquée par l'hérédité. Après le départ de Morgue, je sortais de chez moi, j'errais dans les rues en plein milieu de la nuit, je souhaitais qu'un malfrat m'égorgeât au détour d'un chemin, qu'une bande de voyous me frappassent à mort sous un porche. Je sentais une brûlure au cœur, une douleur à la poitrine, du brouillard avait envahi ma tête. Je m'asseyais sur un banc, j'attendais qu'on vînt me dépouiller, m'assassiner à coups de couteau, me délivrer de ce corps, corps infirme, corps vendu, corps souillé, qui soulevait des vagues de dégoût en moi. Mais personne ne s'approchait de la loque que j'étais. Les ombres de la nuit passaient et s'écartaient de moi, comme si ma douleur inspirait de la répulsion. Je retournais dans ma chambre, où l'odeur de Morgue imprégnait les draps, chaque objet que je touchais. Le téléphone sonnait, Morgue au bout du fil me demandait si j'étais sortie chercher l'aventure, me reprochait de me conduire comme une cinglée, me défendait de rien faire d'autre que de rester là à l'attendre. Te souviens-tu, Sirius, que tu m'avais appelée une de ces nuits-là, saisi par une soudaine inquiétude ? Tu m'avais de nouveau mise en garde, Tu ne vis plus, me disais-tu, Tu meurs en Morgue, Tu portes un enfant mort, et cet enfant, c'est toi, Morgue t'assassine, C'est un de ces criminels ordinaires qui tuent avec leur indifférence, leurs mensonges, leurs mots blessants, Les mots de Morgue se sont incrustés en toi, Je veux te voir le sourire aux lèvres, l'âme apaisée. Mais mon âme, Sirius, était prisonnière de Morgue et mon corps s'abandonnait à lui sans plaisir. Plus rien ne pouvait me sauver de l'abîme au bord duquel je me tenais. La voix de Morgue m'attirait vers le fond. Toutes les saveurs de la vie m'avaient quittée. J'étais une coquille vide, une plante desséchée. J'avais soif de lumière, mais la nuit me tenait serrée dans ses filets. J'avais faim de tendresse, mais Morgue me jetait à la face des mots qui déniaient mon existence. J'étais juste une poussière dans l'œil de Morgue, un grain de sable qui n'enrayait même pas la machine de sa vie, laquelle tournait sans moi. Je partais à la dérive, ma tête se fêlait et cette fêlure s'agrandissait de jour en jour. Des images de mort s'y engouffraient. Je me voyais comme un cerf blessé, transpercé de flèches, et qui se traînait, dégoulinant de sang, dans une forêt où la lumière ne pénétrait jamais. Mon corps était sec, vide, stérile, enceint seulement de sa propre douleur. Je portais ma souffrance comme une femme porte une orpheline pour laquelle elle ne cherche rien d'autre qu'un tombeau. L'amour me déchirait les entrailles avec ses griffes. Je caressais les désillusions, faisais l'amour avec ma peine et n'enfantais que des fantômes exsangues. Dans l'obscurité qui m'envahissait, parfois brillait une lueur au loin. C'était une lettre de mon père, lettre suppliante où il me disait que son seul espoir avant de mourir était de me revoir. Il avait réarrangé une partie de la maison, fait fleurir d'autres fleurs dans la cour pour m'accueillir. Si je venais, je goûterais à une vie simple. Les arbres maigres avaient été abattus, mais il avait repeint les volets bleus, mis des rideaux aux fenêtres, un nouveau tissu sur le lit. Il m'emmènerait comme jadis au zoo, où les animaux, rares maintenant, regardaient avec désolation les quelques promeneurs égarés. Nous irions au cinéma et à l'église, qui avait rouvert ses portes après de longues années de persécution. Les idéologues avaient lâché du lest, la vie était plus facile, les trottoirs débordaient de fleurs et de marchandises. Il m'apprendrait les saveurs inconnues des jours qui s'écoulent sans heurt, les plaisirs des réveils à l'aube, des siestes paresseuses l'après-midi dans la pénombre de la chambre et le silence des crépuscules où les chants des grillons répondent aux claquements de langue des lézards. La pianiste folle, maintenant ridée et presque chauve, continuait de jouer sa sonate de l'amour enfui et les notes de sa douleur s'égrenaient au milieu de la nuit comme les perles d'un collier arraché. Viens, me disait-il, dépêche-toi. Là-bas, tout n'était que sérénité et attente. Mais je demeurais dans ma chambre que je haïssais, dans cette ville qui me faisait peur, et où tout n'était que menace et désillusion. Que restait-il de mon amour pour Morgue? Des lettres déchirées en mille morceaux et mon regard éteint que rien ne distrayait d'une image fixe: l'image de ma décomposition. L'amour était devenu pourriture. Mon corps sentait la débâcle. Il était comme un fantôme que les vivants terrifiaient et qui se réfugiait dans les coins, rasait les murs, se recroquevillait sur lui-même au moindre bruit. La vie avait un goût d'eau empoisonnée, les mots de Morgue la dureté des éclats de verre – à ceux, disait-il, qui ont une morale et peu de scrupules, il opposait son principe qui était d'avoir beaucoup de scrupules et point de morale, oubliant d'ajouter qu'au nombre de ces scrupules figurait en tête le souci de sa réputation et de son confort. La médiocrité de l'amant m'apparaissait sous le masque du cynisme. Morgue n'était en somme qu'un individu veule qui ne choisissait pas, tirait parti des situations fausses et s'installait dans l'ambiguïté sans en connaître les charmes, portant au plus haut le souci de soi au détriment de tout autre sentiment. Une nouvelle fois, je résolus de m'éloigner de lui. C'était quelques mois avant la mort de mon père. Mais Morgue eut un accident, sans gravité toutefois. Il vint chez moi avec des béquilles, parla de son corps décrépit, de la volonté de vivre que la vue de son sang avait réveillée, et se répandit en paroles fielleuses, malade de jalousie parce que sa femme avait rejoint à l'étranger un jeune amant. Morgue avait l'instinct de propriété. Il trahissait, mais n'acceptait pas qu'on le trahît. Il ne choisissait pas, mais ne pouvait tolérer qu'on lui fît faux bond. Il poussa l'injure jusqu'à me dire que sa femme lui avait accordé la permission d'entretenir avec moi cette relation clandestine, pourvu qu'elle le restât, et puisque ma présence ravivait le feu, depuis longtemps éteint, de leurs amours. Crois-tu, Sirius, que je reprendrai goût à la vie ? Par quel sortilège tout m'a-t-il été enlevé ? Quel pouvoir de destruction Morgue avait-il entre les mains pour me réduire à cet état de larve ? Comment une situation aussi ordinaire, la passion pour un homme marié, a-t-elle pu me jeter dans les extrêmes de la vie et faire de moi ce que je suis, un automate qui ne croit plus en l'amour, en la capacité d'aimer, qui a peur dès qu'on le touche, qui tressaille dès qu'on lui dit un mot tendre ? Morgue a semé des graines pourries en moi et la plante mortifère ne cesse de grandir. Elle noue mes entrailles, elle dévore mon cœur, ses branches m'étouffent. Je me hais. Je ne supporte plus de voir mon corps que Morgue a pris en ne me laissant en échange rien d'autre que la certitude de ne pas être aimée, d'être le jouet d'un fossile immature et pervers qui broie ce qui s'offre à lui. Morgue valait-il la peine que je perdisse la raison en croyant perdre ce que je n'avais jamais obtenu? Je n'ai possédé que son ombre et mon double avide de malheur n'a convoité en l'amant que la souffrance qu'il donnait sans même y prendre garde, par habitude de distribuer les coups à qui les réclamait. Et j'en réclamais toujours davantage, parce que j'étais l'orpheline que le bonheur avait laissée à la porte, l'oiseau aux ailes coupées qui demandait qu'on lui crevât aussi les yeux, qu'on lui perçât le cœur pour qu'il chantât le motet de l'amour et de la mort. Mais mon chant ne pouvait parvenir à l'oreille de Morgue qui n'entendait que les railleries, les équations cyniques sur l'amour et prodiguait mille pensées sur l'amour de soi, quand à son contact je n'ai appris que la détestation de soi, cette haine féroce qui faisait que chaque miroir me renvoyait le reflet d'un monstre, un avorton que personne ne pouvait aimer et qui n'aimait en lui que son cœur brisé. J'en venais à souhaiter que le couvent ou la cellule de fou me délivrât du monde. Là, j'aurais trouvé la paix, à l'abri des regards, des tentations. Là, j'aurais été comme morte, enterrée loin de toute société, succombant au vide, me vouant entièrement à Dieu ou à la Folie, oubliant ce corps honni que Morgue avait couvert de crachats. Je n'aurais plus entendu parler d'amour, de cet amour de quatre sous que les hommes étaient toujours prêts à donner, quand je cherchais l'absolu, la perfection, dussé-je n'en ramasser que les miettes. Je me serais laissé désintégrer jusqu'à n'être plus qu'un éclat d'atome, un petit point dans l'espace, une virgule dans le temps. Je n'aurais plus eu d'autre pensée que celle de disparaître à jamais, noyée dans la solitude et la déraison. Morgue avait tué en moi la naïve croyance en l'autre. Les hommes me faisaient peur, il me semblait qu'il y avait toujours un couteau qu'ils n'oubliaient pas alors même qu'ils baisaient les lèvres de l'aimée. Leurs paroles étaient du venin, leurs mains des gants de fer qui caressaient une blessure. Dans l'obstination que je mettais à assouvir mon désir de souffrance, il entrait une part de défi, je voulais voir jusqu'à quel degré d'ignominie j'allais descendre, avec quelle résignation j'allais me laisser humilier, j'assistais au spectacle de ma noyade avec un hoquet de lassitude. Morgue n'était plus que l'instrument de cette déchéance, l'ange noir dont les ailes battaient dans le ciel de ma mélancolie, le bourreau qui avait trouvé une victime consentante. Chaque mot que proférait Morgue et qui tendait à me renvoyer à mon néant comblait en moi le désir d'être réduite à rien, une femme de trop, une clandestine que rien n'apparentait à la vie, un tiers que l'inventaire du bonheur reléguait dans la colonne des accessoires. Morgue ne m'avait donné qu'une certitude : ma radicale étrangeté au monde, l'impossibilité de m'épanouir ailleurs que dans la serre du malheur. J'étais une plante sauvage qu'un jardinier négligent froissait entre ses doigts. J'étais un animal que seule la douleur domestiquait. J'attendais de Morgue qu'il me confirmât dans le sentiment de ma nullité, de ma non-appartenance à la course au bonheur, de mon exclusion de la sphère de la jouissance. Dans la solitude qui était la mienne, je ne demandais que ce qui pouvait renforcer cette solitude, contribuer à ma mise à l'écart. Il n'y aura jamais de place pour toi dans mes projets, m'avait dit Morgue, et cela allait de soi. Je ne peux te donner qu'un dixième de mon amour, m'avait dit Morgue, et cela encore allait de soi. Que pouvait-on aimer en moi qui ne nourrissais que haine pour ma propre existence ? Quelle place pouvait-on m'accorder, à moi qui disputais toujours la dernière et attendais toujours qu'on m'écrasât comme on écrase un fétu que le vent avait oublié d'emporter ? Je n'étais pas née pour la joie, j'expiais avec Morgue mon désir d'avoir voulu voler un peu de tendresse. À mes prières Morgue répondait par de la désinvolture. À mes cris muets il opposait son indifférence. Il tournait en dérision ce à quoi j'aspirais de toute mon âme. Il faisait usage de mon corps et se détournait de cet infini où j'inscrivais l'amour, répétant inlassablement que le souci de son bien-être empêchait son cœur de saigner pour qui que ce fût. Le cœur de Morgue était enfermé dans une cage de verre. Il l'admirait, le contemplait comme un objet précieux. Morgue avait fait de toute sa personne un musée, un sanctuaire, qu'on approchait mais qui réservait son mystère. J'avais vite démasqué le sphinx sans secret, sans nul autre secret que cette médiocrité qui le retenait de voler au large, d'aspirer à autre chose qu'à une bonne cuite en compagnie nombreuse qui lui faisait oublier sa solitude, cette solitude dont il avait tant de mal à s'accommoder tout en proclamant qu'il la cherchait comme un anachorète cherche son désert. Morgue se plaçait sur un piédestal, demandait à sa cour de fidèles de le vénérer, tels des flamines au service d'une divinité. Morgue professait le désabusement et les caniches cuités applaudissaient le chien savant. Dans la partie qui se jouait entre lui et moi, j'étais la femelle soumise à ses caprices, lui se posait en maître libre de demander et de recevoir, rétif à tous les mouvements d'abandon. Au qui-perd-gagne j'avais remporté la victoire, l'amère victoire de qui recevait le lot des désillusions et des angoisses. L'éternité que je cherchais, Morgue la voyait par le petit bout de sa lorgnette et ricanait de ce qu'on pût porter si loin son regard. Seul l'ici-et-maintenant de la jouissance le préoccupait. Il était avide de tout obtenir pourvu qu'il n'y eût rien à donner en retour. Les livres que je lisais formaient à ses yeux un fatras obscur, des rébus qui alourdissaient l'existence d'un sens qu'il convenait de ne point déchiffrer, au risque de bouleverser l'immuable ordre qu'il avait disposé autour de lui, fait de bons mots, de réflexions peu amènes sur l'humanité et de semonces à ses fidèles pour qu'ils égayent sa diamantine solitude. Obscène était mon amour pour Morgue, obscène la dépendance dans laquelle j'étais tombée. Jamais je n'avais pu lui réciter un poète que j'aimais sans qu'il ricanât. Jamais je n'avais pu lui parler d'un livre que je chérissais sans qu'il opposât sa souveraine ignorance, son inculture noyée dans les beuveries. Les livres que je lui offrais n'étaient pas ouverts. Mes passions étaient accueillies avec des sarcasmes. La vie de Morgue se passait tout entière dans la compagnie de ses courtisans, ramassis de brutes et de lavettes que l'art n'avait jamais effleuré de ses ailes et qui témoignait envers toutes les choses élevées d'une crainte vite balayée par un mépris affiché.

L'ostentation que mettait Morgue à jouir de la vie puisait sa source dans le vide de son âme. Il lui fallait se distraire à tout prix. Le chahut des fidèles, comme un bourdonnement de mouches, lui procurait ce divertissement sans lequel il sombrait dans le plus noir ennui. Le silence l'effrayait, d'être seul avec une femme l'embarrassait, l'art lui donnait la nausée, la mort le terrifiait, la pensée de la mort lui procurait des insomnies. Je lui avais parlé de toi, Sirius. Il te haïssait sans te connaître. Il t'appelait le *petit marquis*. Il craignait tous ceux qui lui rappelaient qu'il existe un paradis perdu vers lequel nous tendons tous. Morgue régnait sur le purgatoire de la médiocrité, le juste milieu où se conjuguaient l'amour de soi et l'amour des possessions. Un livre ne signifiait rien pour lui quand il ne pouvait faire étalage du peu de connaissances qu'il avait acquis et faire croire à la galerie qu'il lui arrivait d'aborder d'autres rives que les marécages de l'ignorance où il se baignait avec une saine volupté. Il n'avait de passion que pour son domaine, une somptueuse bâtisse érigée en pleine verdure. Il y convoquait sa cour de fidèles qui, entre deux beuveries, réparait la toiture, entretenait le jardin, briquait le sol, élevait des murs pour marquer que l'enclos était la propriété exclusive de Morgue, le seigneur et maître. Quand il ne se vouait pas à son domaine, Morgue n'avait de passion que pour la mécanique, les automobiles qu'il achetait à prix d'or et dont ses fidèles serviteurs faisaient briller la carrosserie sous le soleil. Les conversations tournaient autour des marques de voitures, de la puissance des moteurs, de la nostalgie des torpédos. Il allait de soi que Morgue possédait ce que le marché offrait de plus luxueux et les courtisans hochaient la tête d'un air grave, béats d'admiration devant le bon goût et la richesse du triste sire qu'une rayure sur le capot affligeait bien plus qu'une faute de grammaire dans son parler. Morgue cultivait l'amitié virile, il avait l'instinct de groupe. Au sein de la corporation qu'il tenait à ses bottes, les femmes étaient flétries de l'épithète de *gonzesses* et tenues pour des faiseuses de tracassins. Morgue assis au milieu de ses flamines professait qu'il fallait savoir tenir à distance les amoureuses, les butineuses, les vierges folles, les roses fanées, les pivoines rougissantes, les délurées et les quêteuses de tendresse, les imploratrices et les semeuses de zizanie. Morgue était un monument intouchable, une statue en or qui condescendait parfois à tendre la main à une noyée qu'il ne tirait de sa solitude que pour mieux lui enfoncer la tête sous l'eau. Et ses fidèles riaient grassement, béats d'admiration devant la hauteur avec laquelle le grand homme traitait l'amour. Car Morgue n'avait qu'une peur bleue : se faire avoir par les sentiments. Son amertume lui dictait qu'il importait avant tout de sauver sa tranquillité, puisqu'il avait gelé son cœur. Son imagination avait tout juste d'empan pour inventer des dérobades. Sa morale se perdait en des dessins compliqués, des sinuosités que n'aurait pas démêlées un jésuite. Il y avait dans sa manière d'attirer les proies tout à la fois le désir d'être adulé et la peur d'être volé. Morgue était la dupe de son instinct de conservation. L'amour qu'on lui portait était perçu comme un vol : il ébréchait son icône, il l'obligeait à sortir de soi, à donner ce qu'il avait l'habitude de recevoir. Aussi Morgue défendait-il son cœur, son trésor, comme un avare que la pensée de malfrats à l'affût réveille la nuit. Il prisait par-dessus tout les rapports de forces. Le mépris qu'il affichait pour toute forme de tendresse, tenue pour de la sensiblerie, atteignait au comble quand il se heurtait à mes demandes muettes. Son cœur se bronzait, le mien se brisait et les éclats se dispersaient sur le sol, il les écrasait sous des formules assassines. Morgue aimait dire à ses fidèles, qui écarquillaient les yeux, béats d'admiration devant la lucidité du stratège, que les *gonzesses*, il fallait savoir s'en servir tout en leur interdisant d'empiéter sur votre territoire, car dès qu'une *gonzesse* se permettait de faire le siège, c'était cuit pour votre tranquillité. La goujaterie était son principe de vie, ce qui le sauvait de la peine de devoir faire semblant de donner. Il racontait, avec cette raillerie dans la voix qui ne le quittait jamais quand il s'agissait d'amour, des histoires de *gonzesses* qui venaient gratter à sa porte, passaient la nuit sur son paillasson, menaçaient de s'ouvrir les veines. Morgue possédait le charme maléfique de ces Lovelaces dédaigneux de tout émoi qui attirait des égarées impatientes d'être brisées. L'âge mûr venant, son désabusement n'était plus un masque, il le rongeait jusqu'aux moelles, il en faisait une momie séduisante qui gisait dans son sarcophage de luxe et que protégeaient des bandelettes, comme une armure cynique. L'amour pour Morgue était du toc et le chic consistait à tendre ses filets et à se déprendre au plus vite des captives qui se laissaient prendre. Devant le surgissement de l'amour, Morgue se comportait en gamin qui ne rêvait que de déchirer les ailes du papillon et en vieillard qui demandait qu'on réchauffât son corps sans froisser les draps ni bouleverser son rituel du coucher. Il était entendu que la douleur devait échoir à celle qui avait commis l'imprudence de tomber dans ses rets. Morgue ne tombait pas, ne versait jamais dans la sentimentalité, il campait sur ses deux jambes et regardait du haut de son désabusement le charnier des petites proies. Tant pis pour elles, il avait bien dit qu'il était incapable de donner ce qu'il n'avait pas. Et comment exiger d'un mort qu'il tressaillît à l'appel de l'amour ? Morgue s'était tué d'une overdose de cynisme et ce qu'il avait à offrir n'était plus qu'une enveloppe dont la lettre s'était égarée. Son visage à la peau tannée, aux yeux fuyants, aux lèvres minces, était celui d'un cadavre que l'ardeur du désabusement avait calciné. Noir était le cœur de Morgue qu'aucun sentiment n'ouvrait. La clé en était perdue pour toujours. Blanches étaient mes nuits, asservies à ma passion pour cet homme qui agissait comme une coquette cruelle et qui de l'amour prétendait en avoir fait le tour et ne vouloir en tirer qu'un supplément de plaisir pour distraire cette lassitude de vivre qui l'empoignait chaque fois qu'il lui fallait se retrouver seul, face à face avec lui-même, se demandant quel amour il allait pouvoir railler, quel cœur briser, quelle proie ensanglanter pour rire de la crédulité de ces *gonzesses* avec leur petit penchant à s'offrir tout entières, vêtues seulement de leurs candides sentiments qui les livraient au bourreau désinvolte sans autres armes que des larmes qui enlaidissaient leur visage. Rien,

Sirius, n'aurait dû me retenir auprès de cet homme, si ce n'était mon désir de boire la coupe jusqu'à la lie, de me laisser humilier, traiter comme une esclave mendiant des restes d'amour que le prince donnait chichement, de peur qu'un accès de sincérité et de passion n'entamât sa virilité. Morgue se conduisait en tout comme un roi qui tremblait pour son royaume. Il avait placé des sentinelles à ses portes et l'on accédait à lui pieds et mains nus, le cœur palpitant, pour ne recevoir que l'ordre de demeurer là, enfermé dans son harem, attendant que l'ennui le conduisît jusqu'à vous. Morgue venait et vous regardait comme un vieil enfant gâté regarde ses jouets : il veut les posséder tous, il en brise quelques-uns, les autres, il se contente de les caresser distraitement. Son amertume contamine tout ce qu'il touche, il a inoculé au monde le virus du désabusement. L'ennui sénile du gamin boudeur qu'était Morgue colorait sa vie d'une teinte uniforme faite d'une touche d'à quoi bon et d'une traînée d'acrimonie que rehaussait l'éclat du sang de ses victimes déchirées par son indifférence. Rien, Sirius, n'aurait dû me retenir auprès de cet individu, si ce n'était mon désir d'être piétinée, de voir mon amour reçu comme une peccadille, balayé d'un revers de main. Je crevais de tristesse, recroquevillée sur moi-même, berçant l'enfant mort, cet amour que j'avais laissé grandir en moi et que je chérissais, tel un absolu, un idéal sans fêlure. Morgue mourait de joie à l'idée qu'il me tenait sous sa coupe. Je retenais mon souffle à son approche, je tremblais quand il daignait me dire un mot tendre, je vivais chaque minute avec l'image de lui suspendue au-dessus de ma tête, non comme un arc-en-ciel brillant des mille feux de l'amour, mais comme un nuage grondant, déversant une pluie d'amertume. Morgue cultivait l'amour dérisoire, l'amour mesquin. Il ne se donnait pas, de peur d'entamer son capital de santé. Car l'amour représentait pour Morgue la menace d'une maladie mortelle. Libre aux imprudentes d'y succomber, il ne connaissait de fièvre que celle donnée par l'inquiétude de ne pas être aimé, de ne pas trouver en l'autre confirmation de son être-au-monde et il n'était là que pour recevoir l'amour d'une vie qu'il rendait par l'amour d'un jour, payant l'absolu en petite monnaie. Crois-tu, Sirius, que nous sommes condamnés à mésuser de nos sentiments, à les accorder à ceux qui sont en disharmonie avec nous, qui répondent par des couacs à la douce mélodie de l'infini ? Crois-tu que nous sommes condamnés à jouer notre partie seuls et que jamais des coins cachés de la création ne s'élèverait une voix pure, cristalline, née avec l'aube et rafraîchie par la rosée du matin, qui nous donnerait un tressaillement au cœur, comme l'appel de la vie triomphant des misérables tentatives de fuite devant l'éternité ? La voix de Morgue était grinçante, railleuse, elle était celle d'un diablotin revenu de tout et qui n'allait nulle part, sinon dans ce désert où il avait érigé sa propre statue, magnifique mirage, oasis trompeuse qui dansait devant les yeux du voyageur et le laissait mourir de soif. Sa voix au téléphone, à mon oreille, jouait la musique discordante du désenchantement, quand j'aspirais à trouver cette note, la note unique où les cœurs se fondent, où les corps tremblent de se toucher, de s'unir, de peur de briser la corde qui fait vibrer les âmes. Bien qu'obéissant au principe de non-engagement, Morgue aimait la guerre, cette guerre communément appelée la guerre des sexes que mènent ceux qui ont perdu l'imagination de l'amour et s'inventent des stratégies de destruction pour pimenter des sentiments affadis par la prudence. La règle consistait à trahir, désavouer, mépriser, haïr et tenir en son pouvoir l'autre à qui on ne jetait jamais la pièce sans lui faire connaître le revers de la médaille. Morgue blessait, trahissait, revendiquait son droit à la désinvolture parce qu'il couvait en son sein un serpent qui étouffait tout sentiment naissant. L'autre n'était là que pour lui permettre de mesurer sa capacité à dominer, à ordonner des rites d'humiliation. Il agissait de la sorte en amour, mais aussi en amitié, expert dans l'art de rabaisser l'un, d'écarter l'autre et de flatter le troisième larron rentré en grâce, trop heureux d'avoir été sifflé par le maître. Morgue se trouvait ainsi toujours entouré d'une cour qui se disputait la faveur de lui plaire, les fidèles se livrant entre eux à une guerre sans merci pour occuper le strapontin que Morgue réservait au courtisan le plus madré, celui qui avait su ramper vers lui sous les couteaux des autres fidèles et enduire de miel les marches jusqu'au trône. Régner était la passion première de Morgue, à laquelle il asservissait toute sa conduite. Les amantes comme les amis devaient abdiquer leur orgueil, se ranger sous sa bannière, lui être dévoués corps et âme tout en s'exposant à l'humiliation d'être tantôt raillés, tantôt oubliés, perpétuellement surveillés, goûtant de temps à autre au divin plaisir d'être pour un instant l'élu. Et si par malheur quelqu'une venait à se révolter, à disparaître, elle était condamnée sans rémission, traitée de *putain*, de *morue*, ces qualificatifs s'étendant à toutes les *gonzesses* qui de toute façon ne s'approchaient de Morgue qu'éblouies par sa richesse et son charisme de roitelet. Les fidèles, eux, ne trahissaient jamais. Morgue avait beau les insulter, les singer, dire à la ronde qu'il vivait entouré d'un carnaval de pithécanthropes, assailli par une farandole de sous-hommes qui tenaient de l'orang-outan et du serpent à sonnette, les courtisans courbaient la tête, s'aplatissaient, laissaient passer l'orage et, dès que Morgue élevait la voix, criaient haro sur les *gonzesses*, qui cherchaient toujours des histoires, vous titillaient, vous harcelaient, pleuraient pour un rien, voulaient faire de la passion comme on fait du vaudeville, posaient des ultimatums, menaçaient de se tuer et ne savaient pas respecter la tranquillité du grand homme. Ah ! ces *gonzesses* qui demandaient des oranges aux pommiers et secouaient l'arbre comme des frénétiques, quand Morgue ne réclamait qu'un peu de fumier, quelques plaisanteries bien grasses sur ces petites folles pour qui l'amour valait la peine qu'on se levât à l'aube et qu'on bouleversât l'ordre d'une vie peinarde. Quelle boue, Sirius ! Comment avais-je pu patauger dans cette boue et souffrir comme j'avais souffert, comme je souffre encore à la seule évocation du nom de Morgue ? Faut-il que l'amour suspende toute faculté de jugement ! Même si j'avais ouvert les yeux, je n'aurais vu en Morgue que l'homme prêt à me donner cette ration de douleur que je réclamais. Que devais-je expier pour vouloir à ce point m'avilir et m'accrocher à un bourreau ricanant pour qui l'amour n'était qu'une affaire de peau et de sueur, un passe-temps qui ne tuait même pas l'ennui ? Morgue se comportait envers moi comme un père qui avait abandonné sa fille et la voyait revenir rôder. J'étais l'illégitime, l'encombrant fardeau d'une passade. Il avait sa famille, sa précieuse famille à laquelle il avait donné son nom, ce nom si commun et dont il était si fier parce qu'il marquait son appartenance au grand nombre. Morgue avait l'instinct grégaire, il aimait l'odeur du troupeau où il pouvait se conduire en roi. Il avait son clan, le cercle des fidèles qui l'honoraient de leurs courbettes. Il avait son domaine sur lequel il devait, dans sa manière de penser qui volait au ras du sol, me soupçonner de vouloir faire main basse. Morgue, je te l'ai dit, Sirius, avait l'instinct de propriété. Moi, j'avais mon amour et ma douleur. J'étais un fragile esquif qui fonçait vers une falaise. Morgue se dressait devant moi comme un mur inentamable. J'y cognais ma tête, je me brisais en mille morceaux, les éclats de mon amour flottaient épars dans l'eau, la mer rejetait les débris aux pieds de Morgue, qui les foulait sans même y prendre garde. Le piège s'était refermé sur moi, j'avais donné mon amour, sacrifié ma raison à un homme qui n'en valait pas la peine, pis, qui n'en voulait pas. Et sans doute eût-il voulu que je répondisse à ses coups, qu'à son indifférence fussent opposés des mots frivoles. Il eût voulu que je volasse aussi bas que lui, que nous fissions un pacte de *partnership* comme en concluent les adultes qui ont appris à faire taire en eux les grondements de l'infini, alors que j'aspirais à cet amour enfantin où chaque mot, chaque geste dit le désespoir de ne pas être un, dans une communion secrète où le monde disparaît. Cet amour complice, cette symbiose de tous les instants, je les avais connus avec mon père et toute ma vie, Sirius, je chercherai dans les yeux des hommes l'éclat de cette tendresse. Me l'accorderont-ils jamais ou serai-je condamnée à étreindre l'absent, à mâcher des herbes qui ont le goût amer des baisers perdus ? J'ai échoué avec Morgue, j'échouerai avec tous les hommes qui ne pressentiront pas en moi l'appel de l'ailleurs. La longue route qui s'ouvre devant moi, je la ferai seule, avec le fantôme de mon père qui guidera mes pas. Il est mort pour me rappeler à ce paradis perdu que j'avais trahi. Je l'ai tué en vendant mon âme à Morgue, en portant mes yeux loin de l'horizon où nos regards s'étaient rejoints. Je suis morte, moi aussi, morte à l'amour, puisqu'il n'y a de choix qu'entre la nostalgie des sentiments réchauffés au soleil de l'enfance et la froide désillusion de l'âge adulte, quand l'autre vous tient le langage du désenchantement et du cynisme. Souviens-toi de m'aimer, me disait mon père, et je n'avais pas su lui répondre. Morgue dans sa conduite me dictait de l'aimer pour toujours sans attendre rien d'autre en retour que le dégoût de moi-même, et je n'avais su que trop bien me plier à cet ordre. Je m'étais sentie blessée, comme d'avoir cueilli une fleur et de la voir se transformer en chardon dans la paume de ma main. Je m'étais sentie salie, comme d'avoir espéré un bain d'eau lustrale et de recevoir sur la tête un déluge de boue.

J'avais pensé me venger de Morgue, me donner au premier homme venu pour exciter sa jalousie, ce sentiment de propriété qui le définissait tout entier. Je lui aurais ensuite raconté l'aventure avec un rire amer, le rire de la noyée qui s'accroche à un radeau avant de se laisser sombrer. Mais je n'éprouvais que répulsion pour mon corps. Morgue avait tout profané. Oh, Sirius, comme je me sens vile, souillée. Donne-moi ta main. Dis-moi que j'oublierai tout. Tu ne dis rien. Tu me condamnes. Je ne pouvais me présenter devant mon père dans cet habit de deuil, avec ce corps que je méprise. Je ne suis plus la pure enfant qui regardait le monde comme une étoffe chatoyante renfermant le plus précieux des jouets qu'elle découvrirait en ouvrant son cœur. J'ai désappris la vie, elle ne m'apporte que des souvenirs douloureux, elle me rappelle que mon père n'est plus là, que plus jamais je n'entendrai sourdre de ces lettres sa voix aimante. Ce que mon père m'a donné, aucun homme ne me le donnera. Je vivrai éternellement dans la nostalgie de cet amour, la tête posée sur le cœur d'un mort. Sur son lit d'hôpital, celle que mon père attendait ne pouvait être moi, l'égarée qui avait prêté son cœur à un marchand d'illusions, mais l'enfant que l'existence n'avait pas encore blessée. Cette enfant qui écarquillait les yeux et réclamait des histoires merveilleuses vit toujours en moi. Morgue ne l'a pas tuée. Les rêves m'étourdissent encore, le rappel du paradis enfui fait toujours frémir mon âme. Écoute, Sirius, écoute cette voix qui monte des profondeurs. Elle est ce qui me reste des dernières années. Elle dit l'amour perdu et le remords d'avoir abandonné mon père, de n'avoir rien fait d'autre que d'aller l'enterrer. J'avais accouru en recevant le télégramme de sa mort. La maison qui m'attendait depuis des années me vit arriver, hagarde, repentante. Elle se tassait sur elle-même, écroulée sous le poids de sa tristesse, les volets battaient contre les murs comme si elle clignait des yeux. Je pénétrai par la grande porte, la bouche d'ombre qui s'ouvrait sur une salle où avait été déposé le cercueil de mon père. Des silhouettes en blanc évoluaient autour de moi dans un concert de gémissements. Je me penchai sur le cercueil. Le visage de mon père était calme, mais il me semblait qu'il fronçait les sourcils d'un air sévère. Il ne me pardonnait pas d'avoir tant tardé. J'étais en noir. Je n'avais pas d'habit de deuil. On me jeta un voile blanc sur la tête. Je détournai mon visage, tombai à genoux. Le corps rigide de mon père était là, dans cette boîte oblongue qu'on allait emporter au son d'une fanfare funèbre. Je joignis mes mains. Je voulais prier, mais aucun son ne sortit de ma bouche. Les murs dansaient devant mes yeux, les couronnes de fleurs voletaient dans les airs, le cercueil s'élevait tout doucement, accompagné des murmures plaintifs qui bourdonnaient à mes oreilles. Je m'évanouis. Je revins à moi dans un lit, celui-là même où enfant j'avais dormi avec mon père. Une silhouette en blanc m'éventait, je reconnus une sœur de mon père. Elle me regardait en silence et je lus dans ses yeux ma condamnation. L'ingrate était revenue. Mais à quoi servaient ses pleurs maintenant que le vieil homme ne pouvait plus les entendre ? Je me levai et retournai près du cercueil. Je posai ma main sur la joue de mon père, effleurai de mes doigts ses lèvres violettes. Une de mes larmes tomba sur sa paupière. Cet homme qui gisait là avait emporté avec lui toute mon enfance. La douleur me faisait entrer dans l'âge adulte. Je restai toute la nuit à veiller auprès du corps. Une lune pleine noyait la cour sous sa lumière morbide. La pianiste folle d'en face joua quelques notes, sa sonate interrompue se répandait comme un parfum de mon enfance. Je fis le tour de la maison, vis ce qui restait des deux arbres abattus, des fleurs laissées à l'abandon depuis que mon père était entré à l'hôpital. La maison était presque en ruine, des lézardes striaient les murs, l'eau stagnait dans les égouts derrière la cuisine. Une odeur de fin de vie flottait dans toutes les pièces. La moustiquaire suspendue au-dessus du lit était déchirée par endroits, les draps usés laissaient voir le matelas. Dans un coin, je trouvai un sac dans lequel mon père serrait ses affaires les plus précieuses. Il ne contenait que des photos de moi. Les lettres avaient été brûlées. Une sœur de mon père était prosternée au pied du cercueil et poussait des lamentations. Elle disait, Tu es mort seul, pauvre frère! Je m'approchai d'elle. Elle leva vers moi des yeux pleins de reproches et continua sa litanie, Seul tu as vécu, seul tu es mort. Je sortis de la maison. L'air frais de la nuit m'enveloppa. La pianiste folle de la maison d'en face joua quelques notes, vite interrompues. Elle apparut derrière les rideaux. Elle me fit signe. Je lui rendis un salut. Elle ouvrit la fenêtre, éclata d'un rire douloureux, un rire sanglotant, comme si elle avait vu un cortège de fantômes armés de poignards venir à sa rencontre. Je la regardai, j'y vis la préfiguration de mon destin. La rue était déserte. La pleine lune inondait les maisons de son fiel. De la maison de mon père me parvenait la mélopée de ses sœurs, qui entouraient le cercueil de leur sollicitude chantante. J'aurais voulu m'enfuir, me cacher loin, enterrer sous des pelletées de terre mon remords, ma honte et ma tristesse. Le voile blanc qu'on avait jeté sur ma tête flottait dans l'air de la nuit. Le vent s'était levé. Je revins à pas lents vers la maison. À l'intérieur, on s'affairait pour l'enterrement. Une sœur de mon père me prit par la main, ajusta le voile blanc et me montra ma place près du cercueil. Mon père avait toujours les sourcils froncés. Je me penchai, embrassai ses lèvres froides. Il me sembla qu'une larme avait perlé au bord de sa paupière. On ferma le couvercle du cercueil. La fanfare envahit la maison, entonnant un air funèbre. Des hommes en blanc portèrent le cercueil sur leurs épaules et la procession se dirigea vers le cimetière. Mon père, Sirius, a été enterré au bord d'un cours d'eau. Son corps repose parmi ceux de ses amis qui s'en sont allés avant lui, dans un enclos réservé à des hommes venus du même village. Des fleurs entourent sa tombe, sur laquelle le soleil darde ses rayons. Pendant qu'on descendait le cercueil en terre, je m'étais sentie si faible, mes genoux tremblaient, mes jambes se dérobaient sous moi. Tous les regards tournés vers moi pointaient la même accusation, Elle l'a tué, elle l'a laissé mourir seul. J'aurais dû me jeter dans la fosse, embrasser le cercueil et me laisser enterrer vive. Au lieu de quoi, je m'étais contentée de déposer dans le cercueil, avant qu'on le refermât, mon foulard noir, le foulard que Morgue m'avait donné et qui ne m'avait pas quittée pendant des années. Mon amour pour Morgue avait rejoint mon père dans la tombe. Il ne me restait plus rien. Je me tenais près de la stèle qu'on avait élevée, vacillante, tremblant de tout mon corps. Ma vie s'était achevée là, au bord de ce cours d'eau qui s'écoulait paisible et semblait refléter le calme qui était enfin descendu dans l'âme de mon père, tandis que la mienne continuait son cours tumultueux. Ainsi, mon père m'avait abandonnée, lui aussi. Il n'y avait plus personne au monde pour me susurrer des mots tendres, plus personne à qui je pouvais dire que de son existence dépendait mon bonheur. Toutes les douceurs m'avaient été retirées. Je me tenais au bord de la tombe, avec ce voile blanc sur ma tête comme un signe de capitulation. La guerre était finie, cette guerre que nous menons pour nous emparer de lambeaux de tendresse, conquérir des terres vierges d'infamie et nous reposer contre le sein d'une création soudain si aimante. La guerre était finie, j'avais perdu mon royaume et j'étais laissée pour morte sur le champ de bataille. Il n'y a pas de spectacle plus triste, Sirius, qu'une jeune femme au bord d'une tombe ressassant ses pertes. Imagine-la, elle courbe la tête, ses genoux fléchissent, ses yeux sont secs, mais les larmes noient son cœur. Elle a été arrachée à la vie et pas encore vouée à la mort. Les fantômes du passé la dévorent, le futur s'ouvre devant elle comme un néant. Son enfance gît dans cette tombe au bord de laquelle elle se tient. La nuit vient et la surprend, mais elle ne bouge pas de sa place. Elle ne sait plus où aller. Les oiseaux dessinent des couronnes noires au-dessus de sa tête, les grillons entonnent un chant de deuil, l'eau murmure des regrets et la vie soudain lui apparaît comme une menace. Elle l'a quittée pour aborder les calmes rives de la mort. Mais même là elle est indésirable. Elle est devenue l'hôte inconvenant de ce monde. La vie la repousse, la mort rôde sans lui tendre la main. Elle a des vertiges, elle s'affaisse au bord de la tombe. Elle demande pardon. Aucune réponse ne lui parvient. Le silence est désormais sa compagne, la solitude son cloître. J'étais cette femme-là, Sirius, chez qui nul écho de la vie ne retentissait. L'amour m'avait détruite et mon père ne m'avait pas pardonné. Quand je me retourne vers ces années, il me semble, Sirius, que j'ai été enterrée en même temps que mon père. Mon âme flotte aux confins de la vie. Le remords me ronge les moelles, la tristesse dévore mon visage. Mon père m'a abandonnée à mon sentiment de trahison. De ses lettres ne monte que la voix des reproches. Rien ne me sauve de ce vide qui a envahi tout mon être. Que ferai-je des jours qui me restent à vivre ? Ils sont hypothéqués à mon père et l'amour se déclare en faillite. Regarde-moi, Sirius. Que vois-tu ? Un corps presque diaphane, des yeux vides, des lèvres sur lesquelles affleurent sans cesse les phrases qu'elles n'ont pas su prononcer. Tu m'as dit que je suis née d'un silence de trop. Je suis en train de mourir d'un mot qui n'a pas été dit. Ce mot, est-ce le mot d'amour que Morgue a fait miroiter et que mon père a murmuré, attendant en vain que je le répète ? Dans l'obscurité qui est désormais la mienne, j'avance en tâtonnant. Des fantômes dansent autour de moi. L'amour m'a quittée, la mort chante une cantilène lugubre. Je suis en deuil de moi-même, nostalgique de cette enfance que mon père a emportée dans sa tombe. Je suis seule, de cette solitude que connaissent les morts. Mon père m'a abandonnée. Mais ne m'a-t-il pas abandonnée depuis toujours ? Engendrer, c'est ordonner l'abandon. La mort de mon père signifiera-t-elle ma mort ou une seconde naissance ? Si les morts ne nous lâchent pas, n'est-ce pas pour mieux nous accompagner vers la vie ? Mon cœur tressaille, pour la première fois depuis longtemps. Il me semble que des lettres de mon père ne monte plus la voix des reproches, mais un appel pour que je tourne les yeux vers la lumière. Le mort est dans cette chambre, mais il n'est pas là pour me tourmenter. Il panse les plaies, il adoucit l'amertume. Les mots de ses lettres sont comme des notes célestes qui jouent une douce mélodie. J'entends venir la vie. Ses ailes se posent doucement sur moi. Je vais quitter cet appartement, il n'a vu que la destruction, entendu que des cris de détresse. Je dois m'en aller. Ainsi, l'ombre de Morgue ne pèsera plus sur moi. Adieu, Morgue, gué de la mort, amer amour, amour tu, amertume, tumeur de l'amour… Le jour se lève, Sirius. Ouvre donc cette fenêtre. Laisse pénétrer la fraîcheur de l'aube.

Réalisation : Igs-cp à l'Isle-d'Espagnac
Impression : Normandie Roto Impression s.a.s. à Lonrai
Dépôt légal : juin 2011. N° 2118 (111992)
Imprimé en France